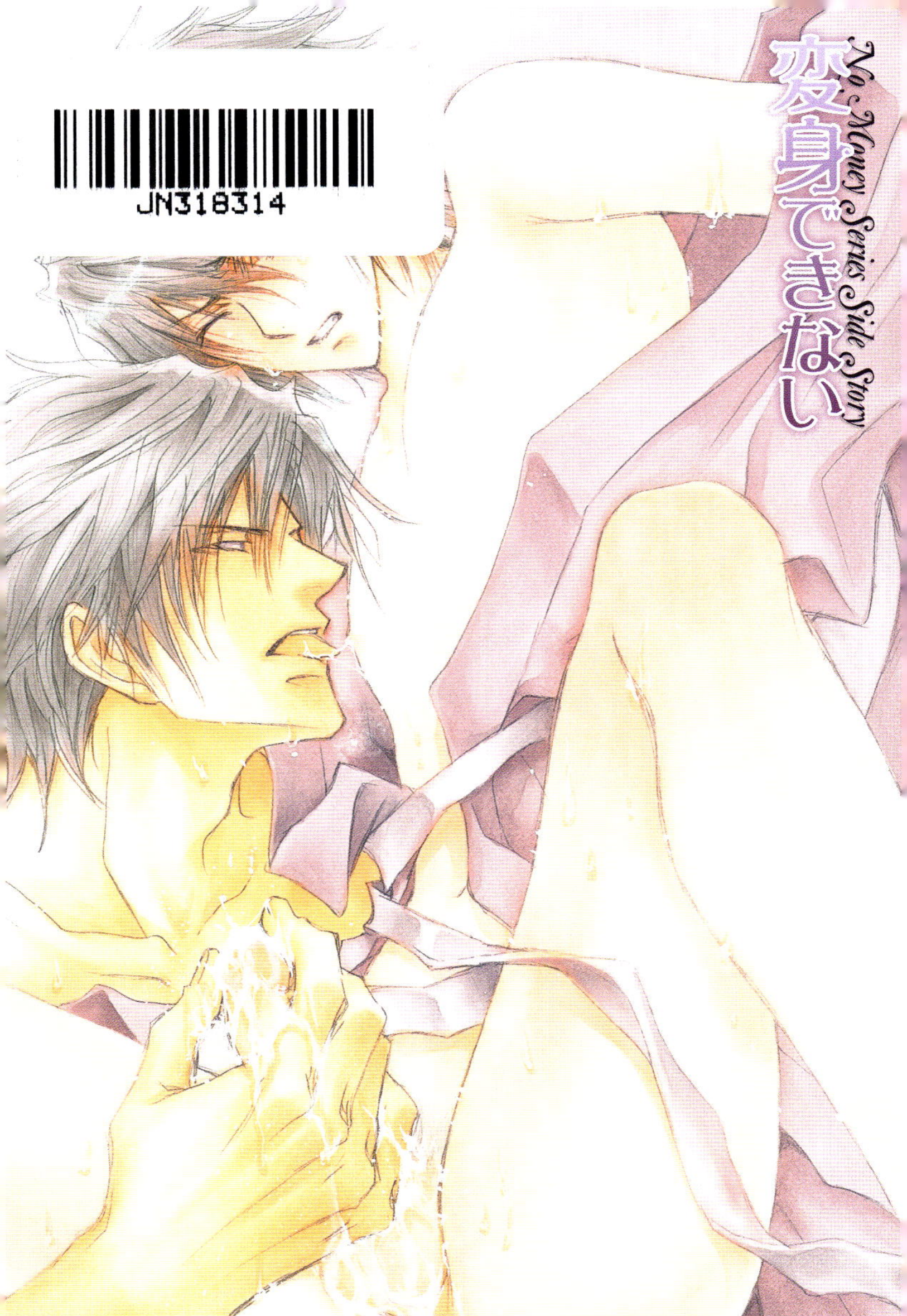

むしろ執拗に、性器の括れを辿り先端を撫でてくる。染矢の形を確かめるよう、入念に動く指に腹が立った。同じくらい、どこを触られてもびくつく自分に喚きたくなる。

変《へん》身《しん》できない

篠《しの》崎《ざき》一《ひと》夜《よ》

ILLUSTRATION
香《こう》坂《さか》 透《とおる》

CONTENTS

変身できない

変身できない

全てを、脱ぎ捨てられたら。

羽化する蝶《ちょう》を目の当たりにした瞬間、動けなくなった。枯れ葉色の蛹《さなぎ》の殻《から》を破って、やわらかな羽根が現れる。鱗粉《りんぷん》を纏《まと》うそれがゆっくりと伸び、鮮やかな紋様を浮かび上がらせた。

指を伸ばして、触れてみたい。息を殺し、そっと距離を詰める。だが羽根を広げた蝶は、指先を掠《かす》めることもなく、ひらりと空へと逃れた。舞い上がった蝶を、地上に縛りつけられた自分は仰ぎ見ることしかできない。脱ぎ捨てられた、蛹と同じだ。

ちいさな両手を、天に向かって突き出してみる。

いつか。いつか自分も同じように、重力の頸木《くびき》を断ち切れるだろうか。醜い身の内を苗床に、神々しいまでの羽根で突き破るのだ。この背を、この体を。

生まれ、変わる。蛹のなかで溶け出し、新しい体を得るあの蝶のように。

鮮やかな色彩が、視界を過《よぎ》る。

喧騒《けんそう》に満ちた新宿《しんじゅく》の街で、染矢《そめや》薫子《かおるこ》は足を止めた。うつくしい羽根を持つ蝶を、見た気がしたのだ。

こんな季節に、あり得るだろうか。毛皮で飾られた襟に顎《あご》先をうずめ、周囲を見回す。アスファルトで舗装された道は冷たく、羽ばたく蝶などどこにもいない。唯一この場所に足を止め、視線を向ける価値があるとしたら、それは染矢自身の美貌だけだ。

通りを行く幾つかの目が、すらりとした長身を振り返る。見るなと言う方が無理な話だ。切れ長の目を持つ染矢の容貌は、非の打ち所がない。ひやりとした鼻筋さえ、その豪奢《ごうしゃ》さを損なわせる要素にはなり得なかった。

日増しに冷たさを増す風に、艶《つや》やかな睫《まつげ》を伏せる。やはり、見間違いだったのだろうか。諦め、踏み出そうとした染矢の耳に微《かす》かな声が届いた。

「手前ェ！　人の足踏んでんじゃねえよ！　いてーだろッ」

響いた怒声が、細い声を掻《か》き消す。

平日の昼間だというのに、駅から伸びる大通りは多くの人であふれていた。だがそこから一本通りを逸《そ》れれば、擦れ違う人も疎《まば》らになる。飲食店が連なる通りに、若い女が蹲《うずくま》っていた。足元に落ちた紙袋を拾うその隣で、中年の男が怒鳴り声を上げていた。

「無視はねえだろッ。なんとか言え！」

酔客と言うには、まだ時間が早い。サラリーマンと思しき男と、荷物を抱えた女とがぶつかったようだ。男の喚《わめ》き声に、通りを行く人の目が集まる。だが声をかける者は勿論《もちろん》、足を止める者さえいない。

細い息を吐き、染矢はアスファルトへ踏み出した。

面倒事には、誰だって関わりたくはないのだ。その気持ちは、よく分かる。背を向けて通りすぎればいいと知りながら、染矢は怒鳴り続ける男へ腕を伸ばした。

「あァ!?　なんだお……」

肩を引かれ、振り返った男が怒声を詰まらせる。

まさか割って入ってくる女がいるとは、思ってもみなかったのだろう。しかも、これほどの美女が。

声を失ったサラリーマンが、あんぐりと口を開く。食い入るように自分を見る男に、染矢はにっこりと笑みを作った。

男の目が次の瞬間、どんな表情を浮かべるのか。染矢にとって、それは嫌というほど分かりきっていた。

「そんなふうに怒鳴りつけちゃ、男が下がるわよ？」

紅を引いた唇から、なめらかな声がこぼれる。

女性的な口調に反し、声音は低く落ちついて響いた。女にしては低すぎると、そう感じる者もいるかもしれない。訝《いぶか》るように、サラリーマンの顔が歪《ゆが》んだ。

「な…、お前……」

「怪我《けが》したわけでもないんでしょ？　そんなふうに女の子を怒鳴りつけるのはどうかと思うわ」

首を傾げた染矢に、確信を得たのだろう。男が弾かれたように、摑《つか》まれていた腕を振り解いた。

「おま…っ、オ、オカ…！」

驚愕《きょうがく》は、すぐに同じだけの怒りに変わる。なんとも、芸のない話だ。あまりにも見慣れた反応に、染矢は辟易《へきえき》と息を絞った。

「だったらなに？　本物の女にしか怒鳴れないだなんて、言わないでよ」

笑みを深くした染矢に、サラリーマンが拳を振り上げる。

どこまで分かり易《やす》いのだ。動けずにいる女性を庇《かば》い、染矢が半歩踏み出す。拳が眼前を過るより早く、不意に鈍い音が響いた。

「ぅあ…っ！」

悲鳴は、染矢の口からもれたものではない。

殴りかかろうとしていたサラリーマンが、深く体を折る。暴れる腕を、横から伸びた手ががっしりと摑み取っていた。

「女に手ェ上げてんじゃねェよ、おっさん」

不機嫌さを隠さない声が、低く唸《うな》った。

ぎょっとして見上げた視界に、濃い影が落ちる。作業着姿の男が、悲鳴を上げるサラリーマンを押さえつけていた。

「ぎゃ…っ……」

もがくのを許さず、軍手をはめた手が捕らえた腕を捻《ひね》り上げる。もう一度鈍い音が響きそうで、染矢は息を呑《の》んだ。

なんて眼つきだ。

この街で、染矢は日々様々な人間を目の当たりにしている。堅気とは言いがたい者も多いが、そのなかにあってさえ、目の前の男の剣呑《けんのん》さは群を抜いていた。

作業着の上からでも、暴力的なまでの体軀《たいく》の頑健さが見て取れる。野性味の強い口元を歪め、男がサラリーマンを覗《のぞ》き込んだ。

「どんな理由があろうと、女殴るのはなしだろ。取り敢《あ》えず両方の言い分を聞いてやるからよ。ちったァ頭冷やせ」

窘《たしな》めた男が、サラリーマンを摑む腕から力をゆるめる。途端に身を翻したサラリーマンが、転がるようにアスファルトを蹴った。後は後ろも見ずに走り出す。

「オイコラ逃げんのかよ」

呆《あき》れたように、作業着姿の男が舌打ちをした。サラリーマンが逃げ出したくなるのも、無理のない話だ。こんな眼をした男に捕まれば、皆ああなる。思わず同情を抱きそうになり、染矢は蹲る女性へ膝を折った。

「あの逃げ足の速さなら、あの人も怪我なんかしてはなさそうね。……あなた、大丈夫？」

まだ茫然《ぼうぜん》としている女が、ふるえながら頷《うなず》く。幸いこちらにも、怪我はなさそうだ。ほっと唇を綻《ほころ》ばせ、染矢は作業着姿の男を振り返った。

「助かりました。お陰で誰も怪我せずにすんだわ」

頭を下げた染矢を、鋭利な視線が見下ろす。意外なことに、その口元は笑っていた。

「あんた、度胸あるな。気に入ったぜ」

張りのある声が、明朗に響く。飾り気のない物言いに、染矢は長い睫を揺らした。剛胆なのは、む

しろ男の方だ。殴られそうなオカマを庇うなど、厄介事の極みだ。自分から首を突っ込んだところで、得などない。

「私はなにもしてないわ。お節介だっただけ。……じゃあ、これで」

紅を引いた唇に笑みを浮かべ、染矢がもう一度頭を下げる。高い踵《かかと》でアスファルトを踏もうとして、染矢はその足を止めた。絹の手袋の上から、痩せた腕を摑まれたのだ。つい先程、サラリーマンの腕を捻り上げていたものと同じ手が、今は痛みを与えることなく染矢に触れていた。

「名前、教えてくれ」

衒《てら》いのない眼が、真っ直ぐに自分を見る。

なんて、古典的な問いだ。あまりの率直さに、声を出すことさえ忘れる。

「名前なんて……」

こぼれかけた声を、唐突に響いた音が掻き消した。

不快な、クラクションだ。はっとして振り返った通りの向こうに、白い車が見えた。どこか、見覚えがあるような気がする。記憶を辿《たど》ろうとした染矢の隣で、男が眼を見開いた。

「ヤベ、車……ッ」

通りに、路上駐車でもしていたのだろうか。呻《うめ》いた男の指から、染矢はするりと腕を抜き取った。

「…おい！　待……」

「染矢よ。今日は本当にありがとう」

にっこりと笑い、細い手を振る。

どうせ、もう会うことはないのだ。オカマの名前など聞いて、どうするつもりだったのか。必要などないと知っていたが、染矢は自らの名前を口にした。

本当に、変わった男だ。もう一度響いたクラクションに、男が追おうとしていた足を止める。作りものではない笑みを浮かべ、染矢は歩き慣れた街へと踏み出した。


「なに寛《くつろ》いでやがる、カマ」

鋼《はがね》を思わせる声音が、頭上から降る。肋骨《ろっこつ》の内側をなぞるような、ぞっとする声音だ。溜《た》め息を吐く代わりに、染矢は手のなかの湯呑みを支え直した。

「綾《あや》ちゃんが煎れてくれたお茶がおいしくって」

優雅に応え、視線を巡らせる。

開かれた社長室の入り口に、長身の男が立っていた。日本人離れした体格のせいだけでなく、狩納《かのう》には目を逸らすことを許さない威圧感があった。見慣れた染矢にとってさえ、そうなのだ。客として この事務所を訪れる者には、心底同情する。

「手前ェみてえなのに気軽に出入りされたら、うちの評判が下がるだろ」

端整な口元を歪め、狩納が短く舌打ちをした。

造形だけを問題にするならば、狩納の容貌は染矢の美意識に十分適《かな》う。彫りの深い目元は、いかにも情が薄そうでぞくりとした。だが身近に置きたい存在かと問われれば、答は一つだ。

「こんなヤクザ金融の評判なんて、これ以上下がりようがないでしょ」

あたたかな煎茶を啜《すす》り、染矢が磨き上げられた爪を眺《なが》める。

大きな窓を持つこの部屋は、昼間でも煌々《こうこう》と人工の明かりが点《とも》されていた。仕事内容の後ろ暗さを、覆い隠そうとでも言うのだろうか。無論、それは無駄な足掻きだ。金融業を営むこの事務所の本質は、どう装《よそお》おうと変えることはできない。

「染矢さんが、珍しい和菓子を持って来て下さったんです。甘さ控え目だから狩納さんも是非…」

向かい合うソファから、穏やかな声が上がる。ニットを羽織った少年が、盆を引き寄せて狩納を見上げた。

この事務所に、これほど不釣り合いな存在は他にない。大粒の目を瞬かせる綾瀬雪弥《あやせゆきや》は、間違って汚泥に落ちた金剛《こんごう》石と同じだ。ほっそりとした体つきは少年というよりも、もっと柔軟ななにかを思わせた。男性的な印象を削《そ》ぎ落としているのは、少女めいた容貌のせいばかりではない。指を伸ばして、愛らしい鼻先や唇をきゅっとつまんでやりたくなる。同時に力任せに胸に抱き込んで、潰《つぶ》れるほど頬《ほお》擢《ず》りしてやりたくもなった。

尤《もっと》も、それらを実行に移すのは自殺行為だ。それどころか狩納の前でそんな想像を抱くこと自体、危険極まりない。おっとりとした綾瀬は、狩納の所有物なのだ。

「いるか。胸クソ悪ぃもん持ち込むな、カマ」

腰を浮かせようとした綾瀬に、狩納が嫌そうに顔を顰《しか》める。それは綾瀬に対する嫌悪ではない。甘いものなど、男は一切好まないのだ。

「だからやめてくれない？　その呼び方」

タイツに包まれた足を組み直し、染矢が大袈裟《おおげさ》に目元を歪ませる。どれほど極端な表情を作っても、その美貌に遜色《そんしょく》はない。だが目の前の男が口にした通り、染矢の性別は豪奢な外見とは一致しなかった。

踝《くるぶし》まである華美なスカートを纏っていても、男であることは変えがたい事実なのだ。

「だったらその気持ち悪ぃ化粧を落としてから来い」

尖《とが》った犬歯を覗かせ、狩納が胸の隠しを探る。

女装趣味を持つ男など、狩納にとっては人間と見なすにも値しないのだ。それがたとえ古い幼馴染《おさななじ》みだとしても同じだった。

「そ、そうだ狩納さん…！　染矢さんが女の人を助けてあげたってお話、知ってらっしゃいました？」

話題を転じるように、綾瀬が引きつった声を出す。だがその声に籠《こ》もる興奮は、本物だ。

「助けた？　地獄に落としたの間違いだろ」

「ち、違いますよ！　困ってる女の人を、染矢さんが庇ってあげたんです。かっこいいですよね…！」

新宿の路上で、女を怒鳴りつけるサラリーマンを見たのが先週のことだ。先程まで話題にしていた遣《や》り取りを、綾瀬が目を輝かせて狩納に教えた。

「私が助けたわけじゃないわ。余計なお節介しただけよ。反省してるわ」

それは、謙遜《けんそん》ではない。

喚き散らす男に声をかけたのは、蹲っていた女のためではない。看過《かんか》するには、胸の悪い光景だっただけだ。しかし嘴《くちばし》を突っ込んだものの、結果的にサラリーマンを追い払ったのは染矢ではなかった。加勢してくれた男がいたからこそ、大事に至らずにすんだのだ。

「本当に余計なことをしてくれました」

抑揚に乏しい声が、これ以上ない低さで割って入る。

受話器を置いた久芳誉《くばほまれ》が、眉間《みけん》に皺《しわ》を寄せ立ち上がった。常に静まり返った目をするこの男には、珍しいことだ。染矢はこの男が、声を上げて笑うところを一度も見たことがない。そんな機能が備わっているのかさえ、疑わしかった。

一分の隙《すき》もなくスーツに身を包んだ久芳もまた、その容姿は染矢の審美眼に適うものだ。しかし血管に血ではなくオイルが流れていそうな男など、果たして人間と呼べるだろうか。尤もそんな男でなければ、この帝都《ていと》金融に何年も勤めてはいられまい。

「久芳君が綾ちゃん以外に無愛想なのは、私もよく知ってるけど…。でもいいのかしら、今日の私に、そんな口を利いて」

棘《とげ》を含ませた染矢に、久芳が冷え冷えとした眼光を向ける。

「綾瀬さんがいらっしゃらなければ、罵声を浴びせているところです」

こんな男の口から放たれる罵詈雑言《ばりぞうごん》など、聞きたくない。実際ここに綾瀬がいなければ、自分は呑《のん》気《き》にソファになど座っていられないだろう。

「随分な言い種《ぐさ》ね」

「あなたのお陰で、大変な事態が発生しているんです」

怒りの刃を隠すことなく、久芳が冷淡に断じた。久芳にこんな声を出させるのだ。事態が切迫しているのは事実に違いない。

「責任を取ってなにも言わず、一緒に食事をして下さい」

酷薄な唇を歪ませ、久芳が低く唸った。隠しから煙草を取り出そうとして、狩納が片方の眉を吊《つ》り上げる。

「オカマに宗旨《しゅうし》替えか？　いい趣味だな、久芳。言っとくが変態を雇う気はねえから、お前は今日づけでクビだ」

呆気《あっけ》なく告げられたそれは、冗談などではない。狩納に向き直った久芳が、真顔で首を横に振った。

「私と、ではありません。ツナギを着た目つきの悪いバカな友人が、どうしても染矢さんを紹介してくれとしつこいもので」

舌打ちでもしたそうに、久芳が目元を歪める。初めて目の当たりにする久芳の目の色を眺め、染矢は長い溜め息を吐いた。

「世間って狭すぎよねぇ。まさか、あの人が久芳君のお友達だったなんて」

つなぎを着た、目つきの悪い男。そう言われて思いつく者が、一人だけいた。先日の路上での一件で、染矢を庇ってくれたあの男だ。

作業着姿でやたらと目つきが悪かったこと以外、実はあまり覚えていない。だが驚くべきことに、世間とは狭いものであの男は久芳の友人だったというのだ。仕事の関係で、久芳と共にあの場に居合わせたらしい。クラクションを鳴らした車に見覚えがあったのは、染矢の勘違いではなかったようだ。

「カマ好きの連れがいたとは初耳だな。間違ってもここに連れて来るんじゃねえぞ。反吐《へど》が出る」

火の点いていない煙草をくわえ、狩納が舌打ちをする。

女装した男や同性愛者を嫌う感覚は、綾瀬を手元に置く事実と矛盾してはいないのか。一言嚙《か》みついてやりたいが、狩納にとってはなんら矛盾などないのだろう。身勝手な話だが、それが狩納という男だ。

「……勘違いしているんです。その友人が、染矢さんを本物の女性だと」

言葉より、血を吐く方が楽なのではないのか。眉間を歪めた久芳が、苦すぎる声を絞る。

「あ？」

狩納の耳にも、声は十分聞こえていたはずだ。眉を吊り上げた男に、染矢はうっとりと自らの頬を指で辿って見せた。

「罪よねえ、この美貌」

「飯を食わせるより、眼科に連れて行く方が先じゃねえのか」

「視力は二．〇以上です。サバンナでも生きていける男ですが、とにかく思い込みが激しくて……」

ぎり、と、久芳が強く奥歯を嚙む。久芳にとっても、苦渋の決断だったのだろう。そうでなければ、この男が自分に頼み事などするはずがないのだ。

「でも確かに、染矢さんは女の人以上にきれいだから、信じられないのも無理ないですよね」

琥珀《こはく》色の目を輝かせ、綾瀬が染矢を見る。その瞳に浮かぶ敬意と憧憬は、染矢の美貌に対するものではない。暴漢から女性を庇った一件は、殊の外強く綾瀬の胸を打ったらしい。いつにない興奮に頬を染める綾瀬は、大学生という以上に幼く見えた。

「それは否定しないけど、でもあの人、私の声聞いてるのよ？」

声音の問題は、先刻も久芳に指摘したことだ。

その外見からだけでは、染矢の性別を正しく断じられる者は少ない。しかし自分は、作業着姿の男に名前を教えたのだ。いかに甘くやわらかに響こうと、女の高音とは質が違う。加えてこの長身と、新宿という土地柄だ。確信はなくとも、疑いを抱くのが普通だろう。

「ですから思い込みが激しいんです。異常に。何度説明してやっても全く信じようとしないので…」

「埒《らち》が明かねえから、直接現実…て言うより地獄を見せてやった方が手っ取り早いってことか」

得心した狩納に、久芳が迷わず首を縦に振った。

「有り体に言えばそういうことです」

なんて言い種だ。切れ長の目で睨《ね》めつけるが、それしきで堪《こた》える男たちではない。

「そういう事情ですから、お願いできませんか染矢さん」

「そういうってどういう事情よ。大体久芳君のお友達とデートして、私になんのメリットがあるって言うの」

容姿を褒められるなど、染矢にとっては日常茶飯事だ。しかしあれほど間近で言葉を交わしたにも拘《かか》わらず、女性だと信じていると言われれば悪い気はしない。だからといって、一々食事につき合う義理はなかった。

「先日、車検の話をしていらっしゃいませんでしたか？　会って欲しいのは、車関係の仕事をしている男ですから力になります」

「車？　悪い話じゃないけど、食事した後ごねられたらばかみたいじゃない」

確かに先日、路上で出会った男は作業着を着ていた。久芳も車が趣味だと聞くから、その関係の友人なのだろうか。車検はそれなりに魅力的だが、相手は自分を女だと信じているのだ。時間を割いた挙げ句、話が違うと領収書を回されては割に合わない。

「不本意ながら、約束は守る男です」

「死ぬほどの地獄見た後でもか？　相手はこのクソカマだぞ」

腕の時計に眼を落とした狩納が、染矢を顎で示す。

「じ、地獄なんてそんな…。女の人を助けた、そんな染矢さんに感動したんでしょう？　一緒にご飯が食べれたら、きっとそれだけで相手の方も嬉《うれ》しいし、楽しいはずですよ」

力が籠もった綾瀬の言葉に、同意する者は誰もいない。狩納がさらなる暴言を吐くのを待たず、染矢はちいさく頷いた。

「分かったわ。デートしてあげる」

快諾され、久芳が不審そうに目を眇《すが》めた。

「目的はなんですか」

「失礼ね。折角だから、うちのお店に来てもらえばいいかと思って。そのお友達に」

場を離れようとしていた狩納が、ぎょっとした様子で足を止めた。

染矢は同じ新宿で、飲食店を経営している。狩納が決して、足を踏み入れることがない類《たぐい》の店だ。

「地獄にもほどがあんだろ」

「それはさすがに……」

狩納の声と久芳の唸りとが、即座に重なる。

「だって一番理に適ってるでしょ。他のお客さんたちはそうやって私に会いに来てくれるわけだし。勿論久芳君のお友達だもの、少しくらいサービスしてあげるわよ？」

本当に少しだけど。

続く言葉を呑み込んで、染矢はにっこりと笑った。我ながら、こんな表情を作ると正に悪魔的だ。そんな自分にも、そして提案そのものにも満足して、染矢は湯呑みをテーブルに置いた。

「どうせならそのお友達だけじゃなくて、旦那や久芳君も遊びに来てくれたっていいのよ？　たっかいボトル用意して待ってるから」

綾ちゃんには、私がおごってあげる。

機嫌よく立ち上がり、染矢はやわらかな綾瀬の髪を撫《な》でた。

「手前ェにも店にも、火ぃ点けるぞ」

背後から伸びた腕が、綾瀬の肢体を引き寄せる。脅《おど》しとは思えない狩納の言葉に、染矢は大袈裟に身をふるわせた。実際、それは脅しなどではないのだろう。

「たっぷり保険かけられるように、今日もばりばり働いてくるわ」

ひらひらと手を振り、染矢は真昼の事務所を後にした。

アルコールと煙草の匂いが、体を包む。馴染んだ、夜の匂いだ。手のなかの携帯電話を確かめ、染矢は長い睫を伏せた。

「ママァ、百花《ももか》ちゃん、そろそろ着くって。さっき電話あったみたい」

甘く掠れた声が、背後から染矢を呼ぶ。携帯電話の電源を落とし、染矢は視線を巡らせた。

「ありがとう。今日は結構のんびりだとは思うんだけど」

「じゃ、営業メールもガンガン頑張りまーす」

長い髪を揺らした従業員が、右腕を振り上げる。レースで飾られた白と黒のドレスを身に着けた姿は、華やかな夜そのものだ。薄暗い照明に照らされる、この店自体もまた同じだった。窓のない店内を、染矢が満足気に目で辿る。

地階であるにも拘わらず、シャンデリアが下がる天井は高く開放的だ。この物件を気に入った最大の理由がそれだった。今夜の店内にはチェス盤を模した絨毯《じゅうたん》が敷かれ、大きな女王《クイーン》のオブジェが光を浴びている。

「ママも営業メール？」

染矢の手を覗き込んだ従業員が、携帯電話をいじる手つきを真似《まね》た。

「営業って言えば営業かしら。パパから連絡が来てて」

「パパってどっちの？　鷹嘴《たかのはし》さんの方？」

ぱっと顔を輝かせ、従業員が高い声を上げる。制するように手を振ると、爪の先で黒い蝶が舞った。

「あれはおじさま。パパは一人しかいないわよ。たまにはここに遊びに来てくれればいいのに」

心臓発作で、倒れるかもしれないけど。そう含み笑った染矢の耳に、扉が開かれる気配が届く。

「いらっしゃいませー」

すぐに振り返った従業員が、戸口に急いだ。

「のんびりなんて言ってられないわね、ママ。今夜も大忙し」

平日の早い時間にも拘わらず、今夜も店内は多くの客で賑《にぎ》わっている。カウンターを出た染矢は、唐突に響いた悲鳴に足を止めた。

「どうかしたの？」

悲鳴は、店の入り口から聞こえてくる。酒を提供する場所である以上、多少の揉《も》め事は珍しくない。戸口へと急いだ染矢の視界に、黒い人影が落ちた。

「ママ…！」

応対に出ていた従業員が、ふるえる指で男を示す。

一目で、異質と分かる男だ。染矢でさえ、その目つきの悪さに一瞬息が詰まった。

「……あなた…」

思わずもれた声が、いつもより低くなる。染矢を見つけ、戸口に立つ男が軽く眼を見開いた。作業着を身に着けていなくても、誰であるかは分かる。先日久芳から聞かされていた、あの男だ。

「し、知り合いなの？　ママ…。よかったぁ…。久芳さんのお友達だって言うから、てっきり狩納社長のところから派遣された取り立……」

大きく胸を撫で下ろした従業員が、慌てて口を噤《つぐ》む。しかし彼女が誤解するのも無理はない。目の前に立つ男の風貌は、どう控え目に評しても堅気とは言いがたかった。

着古したブラックデニムと、革の上着には飾り気がない。だがその下に包まれた肉体の強靭さは、十分に見て取れた。

「無理言ってすまねえな」

物騒な双眸《そうぼう》で見返され、咄嗟《とっさ》に息が詰まる。

本当に、訪ねてきたのだ。ここがどんな店か、分かっているのだろうか。

久芳にはああ言ったが、実際に来店する可能性などないと、染矢は考えていた。むしろ半ば忘れてさえいたのに、男は好奇とは無縁の眼をしてそこに立っている。

「いいえ、こちらこそ本当に来てくれただなんて感激だわ」

我に返り、染矢はいつもより低い声音で男を迎えた。響きは甘いが、女の声かと問われれば苦しい。

路地からこの店の入り口までは、直接降りることができる専用の階段がある。扉に下がる看板には店名以外書かれていないが、しかし周囲の雰囲気からなにかしら気がつくものだ。駄目押しというやつか。

何事も察することなく店の扉をくぐるなど、あり得ない。確信を持つ染矢の背後で、大きな影が動いた。

「ママァ、なにかあったの？　大丈夫？」

騒ぎを聞きつけた従業員たちが、戸口に集まってくる。振り返った染矢の視界に、筋骨逞《たくま》しい二の腕が映った。

「心配ないわ、お客様よブル子ちゃん」

黒いドレス姿の従業員に、首を横に振って見せる。

目を凝《こ》らすまでもなく、こってりと塗られた化粧の上から青い髭《ひげ》の剃《そ》り跡が透けて見えた。巨漢と呼ぶに相応しい体をくねらせ、ブル子が色っぽい目を瞠《みは》る。

「あっらぁすっごくいい男！　いらっしゃあい。サービスしちゃうわん」

艶のある重低音が、腹の底へ響いた。

露出度の高いドレスを身に着けていようと、入念な化粧を施《ほどこ》していようと、そんなものは関係ない。ブル子が男であることは一目瞭然だ。この店がどんな種類の場所か。それは目を開けてさえいれば、誰にでも分かることだ。

「ありがとうブル子ちゃん。でもこの方は……」

すぐにでも、お帰りになりたいはずよ。

そう続けようとした言葉の終わりを待たず、男が店内へ足を進める。ぎょっとして、心臓の裏が冷えた。

殴りかかるのか。

女装した男に、嫌悪感を抱く者は少なくない。身構えた染矢の予想に反し、男は当たり前のように市松模様の絨毯を踏んだ。

「今日はオーナーに用があるんだが、いいか？」

「オーナー？　それって染矢ママのこと？　あん、セクシーな響き。もしかして、ママのお知り合いなの？」

きらりと目を輝かせたブル子に、染矢は慌てて男を店内へと案内した。

「そうなのよ。お席を用意してもらえる？」

「はーい！　喜んで」

様子を窺《うかが》っていた女の子たちが、華やかな歓声を上げる。女の子と言っても、ブル子に限らずドレスを身に着けた従業員たちのなかに、本物の女性は一人もいない。野太い嬌声《きょうせい》が響くここは、そういう店なのだ。

「本当に来てくれるなんて思わなかったから、驚いたわ」

どっかりとソファへ座った男に、染矢が造り慣れた笑顔を向ける。大きく開いた膝に無骨な肘を預け、男がぐるりと店内を見回した。

「……でもきっと、私の方こそ驚かせちゃったわよね」

手にしたままだった携帯電話を片づけ、染矢が肩を竦《すく》める。

尤も勝手な勘違いをして店を訪れたのも、ここがオカマバーだと気づいた時点で引き返さなかったのも、男自身の問題だ。しかし男の驚きを、理解できないわけではない。謝罪しようとした染矢に、男が鋭い眼光を向けた。

「マジびびった」

少しかさついた声が、驚きを込めて響く。過日路上で聞いたのと同じ、柄の悪さが際立つ声だ。

「でっけえ店だな」

改めて店内を見回され、染矢が眉根を寄せる。

「……え？」

大きな通りを外れた地階ではあるが、確かに店内にはそれなりの広さがあった。だが今一番問題にすべきは、そんなことだろうか。

「久芳兄からすげぇ店だって聞いてはいたけどよ。大したもんだぜ」

「……そこなの？」

すごい店だと、そう言った久芳の意図は薄々理解できる。むしろ目の前に座る男の真意こそが掴めず、染矢は眉間を押さえた。

「て言うか、驚くべきなのはもっと別の場所なんじゃないの？」

二つ向こうの席では、両手にビール瓶を持ったブル子が大いに場を盛り上げている。手拍子を送るのは、小山のように大きな従業員だ。艶のあるおかっぱ頭に、黒く円《つぶ》らな瞳が愛らしい。たっぷりと肉を纏った容姿はいかにも人好きがするが、しかし女に見えるかと言えばどうか。

「……確かにあっちもすげえな」

視線を巡らせた男が、はっと眼を見開く。

ブル子の手から離れたビール瓶が、軽やかに宙を舞っていた。中身が詰まったワインボトルを五本、軽々とジャグリングできるのがブル子の自慢の一つだ。隆起した筋肉の見事さは、染矢の目にも頼もしい。

「……分かったでしょう？　久芳君があなたになんて言ったか知らないけど、今回の……」

「なかなかいねえ。あんな個性的な女」

感心した本田に、耳を疑う。

壊れているのは、男の眼ではなく自分の耳だろうか。目を瞬かせた染矢を、男が振り返った。

「初めて見た、あんな女」

「あんた一体どこに目ぇつけてんのよ…⁉」

思わず大きくなった声が、客たちの歓声に紛れる。

女、と。目の前の男は、確かにブル子をそう称した。あれほど筋肉隆々で、髭の濃い女がどこにいる。胸倉を摑み揺すぶってやりたい衝動を、染矢はどうにか押さえ込んだ。

「…視力はいいって、聞いてたけど………」

どんなに目がよかろうと、それが直結する脳に問題があれば話にならない。奥歯で嚙み殺した呟《つぶや》きに、男が片方の眉を吊り上げた。

「なにがだ？　久芳兄からなにか聞いてるのか、俺のこと。あんたと会わせてくれるだけで十分だから、余計なことは言うなって言っておいたんだがよ」

唇を歪めた男が、真っ直ぐに染矢を見る。

余計なこととは、どんなことだ。とんでもなく思い込みが激しい、と。そう言っていた久芳の言葉

が、まざまざと思い出される。

しかしこれはそんな程度ですむ問題だろうか。俄《にわか》には信じられないが、目の前の男にはブル子たちでさえ女に見えるらしい。スカートを穿《は》いていたら、誰でもいいのか。もしかしたら本当に、ここがオカマバーであることに気づいていないのかもしれない。自分の想像に、染矢は軽い目眩《めまい》を覚えた。

「古いお友達だって、そう聞いただけよ」

「まあな。久芳たちとは学生時代からの連れでよ。…悪い、まだ名前言ってなかったな。本田《ほんだ》だ」

名乗った男が、給仕に酒を頼む。促され、染矢も冷たいものを希望した。取り敢えずなにか飲まなくては、平静でいられない気分だ。

「改めまして、私は染矢よ。この前はありがとう。お見苦しいところをお見せしちゃって、反省してるわ」

紅を引いた唇からもれる声は、相変わらずやわらかな低さを帯びている。それを気に留める様子などまるでなく、本田と名乗った男が笑った。

「見苦しいってどこがだ。なかなか普通の女にできることじゃねえぜ。惚《ほ》れ惚《ぼ》れした」

だから、女ではないというのに。

胸のなかで繰り返す声と同時に、居心地の悪さが肺を圧《お》す。惚れ惚れしただなんて、月並みな賛辞だ。それにも拘わらず、衒いのない響きに不覚にも動揺しそうになる。

「お上手なのね」

「本当のことだ」

真顔で返され、染矢は運ばれてきたビール瓶を手に取った。

「私なんか出る幕なかったわけだし。……ところで本田さん、自動車関係のお仕事に就いてらっしゃるんでしょう？」

放っておけば、男の口からは際限のない賞賛が続きそうだ。そんなものには慣れているが、しかしどうにも調子が狂う。男の身の上に水を向けた染矢に、本田の眼がぎろりと光を弾いた。

「あ？」

ぎくりと、息が詰まる。

話題を、誤っただろうか。身構えた染矢に、男がぐっと身を乗り出した。

「好きなのか。あんた、車が」

肺を圧迫するような声音で尋ねられ、否定できず首を縦に振る。

「え？　ええ。たまには乗るわよ」

「車好きか、そりゃいい…！」

グラスを握った男が、嬉しそうに唸った。

「た、たまにょ、たまに」

「でも好きなんだろ。どこ走りに行くんだ」

「どこって…。近所くらい？　ほ、本田さんのお薦めはどこなのかしら。ご自分のお店も持ってらっしゃるくらいだから、詳しいんでしょ？」

染矢自身に向いてしまいそうな話題を、強引に本田のそれへと戻す。鋭い眼光を瞬かせた男が、水を飲むようにグラスを煽《あお》った。

「店って言うか、整備工場だ。販売関係も、やらねえことはねえけどよ。探してたりするのか、車」

当たり前のように尋ねられ、首を横に振ろうとした自分を諫《いさ》める。久芳の紹介とはいえ、店を訪れた以上目の前の男は客だ。会話が嚙み合わなかろうと、相手の歩調に呑まれてはいけない。

「そうねえ、買えるものなら五台くらい欲しいわね」

にっこり笑った染矢に、本田が顔を上げる。

「いいな。どんなヤツが好きなんだ」

至極真剣に頷いた男に、染矢は半ば意地で笑みを深くした。

「可愛い車が好きよ。でもその前に、サッカー場くらい広い駐車場も欲しいわね。何台も車並べるなら」

「芝はやめとけ。泥跳ねする。がっちり防犯効きまくったコンクリ敷きの倉庫、いくらでも探させてもらうぜ？」

やはり真顔で応えた本田に、顳顬《こめかみ》が鈍く痛んだ。どこまで冗談の通じない男なのか。

「本田さんの倉庫や整備工場はどうなってるの？ やっぱり広いんでしょう？」

ビール瓶を手に取り、男のグラスへと注《そそ》ぎ足す。礼を言った男の眼の奥に、それまでの鋭さとは違う輝きが差した。

「うちか？ 元々隣に木材置き場があったような場所だからよ。広いっちゃ広ぇかな。周りの地主のおっさんが、跡取りいねえから安く貸してくれたりで」

満足そうに瞬いた男の眼には、自らが経営する整備工場の様子が浮かんでいるのだろう。この店を訪れる客のなかには、自ら会社を経営する者も多くいた。規模の大きさに比例して賛辞には慣れているものだが、それでも自らの足跡を褒められて気分を害する者はいない。目の前の男もまた、同じだろう。だが本田の眼に宿るのは、自慢話に酔う光とは違った。無邪気さにも似た輝きは、手のなかの宝物を覗き見る子供と同じだ。

「すごいのね」

「すげぇかどうかは分かんねえけどよ。俺にとっては、必要な場所だな」

愛想とは無縁な唇を歪め、本田が笑う。さっぱりとした横顔に、虚栄心の歪みはない。不思議なものを見る思いでそれを眺めると、唐突に男の双眸が染矢を捉えた。

「だ、大事にしてるのね。車も仕事も」

不意に与えられた視線に、声が揺れる。気づいた様子もなく、本田が再び薄暗い店内に眼を向けた。

「そいつはあんたも同じだろ」

社交辞令を含まない響きは、ひどく単純だ。飾り気のない言葉に、染矢は息を吐くように笑った。

「そうね……」

応えた声に、低い振動が重なる。着信を知らせる、携帯電話の音だ。

「悪ぃな、俺の携帯だ」

眉をひそめた本田が、断りを入れて上着を探った。

「ずるいわママ、こんなおいしそうなガテン系、どこに隠してたのよう」

そっと近づいた影が、染矢の肩を小突く。視線を上げると、化粧を直した従業員の一人が熱っぽい視線で本田を見ていた。

「エレナちゃん、がっついてると今に食中《しょくあた》り…」

「…ンだとォ!? マジかッ！ テメ、間違いだったらぶっ殺すぞッッ」

腹に響く怒声が、鼓膜に突き刺さる。目を剝《む》いた従業員が、咄嗟に染矢の陰に身を隠した。

「な…」

店中の視線が、声の主である本田を振り返る。携帯電話を手にした本田が、恐ろしい勢いで椅子から立ち上がった。

「ざけんじゃねえッ！ いいか今すぐ……」

これは昭和時代の映画の一幕か。懐から匕首《あいくち》でも取り出しかねない男の形相に、染矢は白い額に掌を押し当てた。

「おいッ！ 聞いてんのか！ おいッ」

眦《まなじり》を吊り上げた男が、手のなかの携帯電話に怒鳴る。

地下に位置する店内は、電波が届き辛《づら》い。途絶えたのだろう通話に歯軋《ぎし》りし、本田が刺すような眼で染矢を振り返った。金融業を営む幼馴染みとはまた別の意味で、人の二、三人は殺していそうな顔だ。悲鳴を上げた従業員を背後に庇い、染矢は店の入り口を示した。

「ここ電波が悪いのよ。階段を上がってもらえば、確実に通じるわ」

階段を上がるためには、一旦とはいえ店を出る必要がある。戸口に眼を遣った男が、眉間に皺を刻んだ。

「すまねえ。すぐ戻るからよ」

一礼するが早いか、本田が扉へと急ぐ。車泥棒でも殺しに行くのだろうか。大きく息を吐いた染矢の背後で、従業員が恐る恐る首を伸ばした。

「……い、いいの、ママ。行かせちゃって…」

「私たちが通報しなくても、誰か刺されたらお巡《まわ》りさんくらい呼んでくれるわよ」

「そ、それもそうだけど、お会計……」

店を出てしまえば、もうこのまま戻っては来ないかもしれない。細い眉を吊り上げ、染矢は息を吐いた。

「その時はその時ね」

本田がどんな人間か知った上で、久芳はあの男を寄越したのだ。当然責任を取る覚悟があってのことだろう。請求の算段を思い描いた染矢に、給仕が耳打ちをする。会計を終えた客を教えられ、染矢はするりと席から立ち上がった。

「もうお帰りだなんて残念だわ。十分楽しんでいただけましたか？」

「いつ来ても染矢ママのお店は愉快な子ばっかりで楽しいねえ。美人が多いし」

「そんなに褒められたら、帰したくなくなっちゃうん」

トド子と名乗る従業員が、客に腕を絡め店の扉をくぐる。連れ立って階段の上まで見送り、染矢も深く頭を下げた。

「今日はちょっと過激すぎましたけど、次も是非また遊びにいらして下さいね」

にっこりと笑った染矢に、客たちが酒のせいばかりでなく顔を赤くする。上機嫌な男たちが見えなくなるまで、染矢は白い手を振った。

「ママお疲れ様ぁ。すっごく盛り上がってたみたいよね、ママの席も……て、あれ？」

ひらりとスカートの裾を翻したトド子が、階段を降りようとして足を止める。

なにかが、耳に届いたのだ。気づき、動きを止めたのは染矢も同じだった。巡らせた視線の先に、背の高い人影が映る。

「ね、あれって、ママの……」

指で示そうとしたトド子を、染矢は無言のまま両手で押し遣った。階段へとつんのめった巨体が、野太い悲鳴を上げる。

その声が聞こえたのか、険しい視線がこちらを見た。

まだ、この付近にいたのだ。

先程店外へと追い払った本田が、表通りへと続く路地に立っている。階段の近くに姿がなかったため、もうてっきり消え去ったとばかり思っていた。

莫迦《ばか》なのか、律儀なのか。

そのどちらだとしても、染矢にとって大差はない。引き剝がそうとした視線の先で、屈強な男たちがこちらを見る。本田を取り囲むように、作業着姿の男たちが数人立っていた。通りすぎる人の目が、緊迫した様子の男たちを盗み見る。無理もない。筋骨逞しい男たちもそうだが、なによりその中心で眦を吊り上げる本田の形相こそが尋常ではなかった。

「うるせーんだよ！　邪魔すんじゃねーよもう！」

路地に響いた金切り声に、染矢が眉を吊り上げる。

口汚い言葉を叫ぶその声は、女のものだ。しかもかなり年若い。

男たちの中心に立っていたのは、本田一人ではないらしい。細い腕が伸びて、本田の胸を突くのが見えた。周りを囲む男たちの輪が揺れて、陰になっていた少女の姿が露《あらわ》になる。

「放せっつってんだろ!?」

疑うべくもなく、罵声はその少女から発せられていた。本田が少女を連れ去ろうとしているように、見えなくもない。まさかと思い凝視すると、喚き立てる少女がこちらを見た。

染矢の視線と、視線が行き合う。

怪訝《けげん》そうな目をした少女が、次の瞬間眦を吊り上げた。これ以上、視線を合わせる必要はない。分かっていたが、少女の容貌から目を逸らせなかった。

高校生と呼ぶには、まだ幼い。その派手なシャドウに彩られた目元はどうだ。それはつい先程まで、隣の席に座っていた男のものとよく似ている。勿論本田に比べれば、多少女性らしい造りになってはいた。しかし並んで立つ二人は、一見して分かるほどそっくりだ。

「クソ女！　なに見て……」

吐き捨てようとした少女が、本田の視線に気づき頭上を振り仰ぐ。染矢を注視する男の眼に、何事かを察したらしい。子供でも女は女ということか。細く整えられた眉が、さらにきりきりと吊り上がるのが染矢にも分かった。

「ちょ…、兄貴ッ！　マジで遊んでたんだ!?」

やはり兄妹《きょうだい》か。

怒鳴られた言葉そのものより、目の当たりにした現実に感心してしまう。遺伝子が描く螺旋《らせん》は、時として残酷だ。

「大人はいいんだよ、ガキは帰れ」

全身で抗議する少女を、本田が怒鳴りつける。

夜の街で遊んでいた妹が、運悪く兄である本田に見つかったということか。先程の電話は、これを知らせるものだったのだろう。

不似合いな正論を吐いた本田を、取り囲む男たちが気を揉みながら見守っている。作業着姿の風体や、誰一人殴られていない様子から、男たちは本田の仕事仲間なのかもしれない。

「なにそれマジムカツク！」

たとえ高校生だったとしても、こんな時間に出歩いていれば怒られて当然だ。怒鳴り散らした少女が、もう一度本田の胸を突いた。その勢いのまま、戸惑う男たちを掻き分けて染矢へと近づいてくる。

これが客の妻や恋人であれば、話は早い。しかし相手は、遥《はる》かに低い位置から自分を見上げてくる少女だ。これ以上余計なことに関わるより、退散するに限る。だが階段を降りようにも、少女がその行く手を遮った。

「つかマジお水じゃん。こんなのと遊ぶのはよくって、あたしは駄目なんてありえねーし！」

「テメェと、この人は違ぇだろうが。ンなとこうろうろしてていい歳じゃねんだよお前は」

「ケバいお水にでれでれ貢ぐのはいいんだ？　ばっかじゃねーの、お水なんて客に酒飲ませてもらってお金もらう商売でしょ？　寄生虫と一緒じゃん」

怒鳴り合ってはいるが、二人はうんざりするほど仲のよい兄妹なのだろう。人を殺しかねない勢いで本田が店を飛び出したのも、偏《ひとえ》に妹を心配してのことに違いない。そうだとしても、口にしていい言葉と悪いものがある。

短い息を吐き、染矢は紅い唇を開こうとした。だがそれよりも早く、重いなにかが空を切る。

「…ッッ！」

ごつりと響いた鈍い音と共に、少女の体が崩れ落ちた。止めに入る間などない。本田の拳が、恐ろしい勢いで妹の脳天を直撃したのだ。

「ちょ……」

取り囲む男たちが、声も上げられず仰《の》け反る。妹を見下ろした本田だけが、固い拳を握り直した。

「なにが寄生虫だこのヤロウ！　いくらガキだからって言っていい言葉と悪い言葉があるだろうがッ！」

怒声が鼓膜に突き刺さる。それは染矢の胸の内を、正しく代弁する言葉だ。だがこんな自分のために、自ら妹を撲《ぶ》つ必要があるのか。ぎょっとして駆け寄ろうとした染矢を、男が痛いほどの眼光で制した。

「水商売のなにが悪ィ。体張って、プライド持って仕事してんだよ！　テメェの飯代も稼げねぇガキが失礼なこと言ってんじゃねえ！」

蹲る妹に、本田が腕を伸ばす。弾かれたように、染矢は男の腕にしがみついた。

「待…！　なにもそこまで怒らなくても…！」

染矢にとっても、妹の暴言は歓迎できない。だがこれはやりすぎだ。思わず叫んだ染矢を、少女が驚いた目で見上げる。

さすが本田の妹と言うべきか、少女はあの一撃でも昏倒《こんとう》はしなかったらしい。殴られた頭を両手で庇い、痛みにふるえながら顔を上げた。思わず感心した染矢を、涙を滲《にじ》ませた目が見る。

「……声…、こいつ…」

もらされた呻きに、染矢は自らの失敗を悟った。兄ほどには、少女は鈍くなかったらしい。細い指が、真っ直ぐに染矢を指した。

「こいつ、オカマ…ッ！」

オカマ。

吐き出された言葉に、男たちの目が一斉に染矢を振り返る。その目に浮かぶのは、驚愕と呼ぶのもなまぬるい衝撃だ。

刮目《かつもく》した男たちが、恐る恐る周囲と染矢の容貌とを見比べる。もう一度染矢を見た全員が、あんぐりと口を開けた。

「……あ？」

ただ一人、怪訝そうに眉根を寄せた本田を、少女が振り仰ぐ。

「あじゃねーだろバカ兄貴！　ゲイバーでオカマと遊んどいて、偉そうに説教すんじゃねーよ！」

泣き出しそうに、少女が叫んだ。

厳密には染矢が経営するのは、ゲイバーではない。親切心から訂正してやったところで、少女は勿論その場で凍りついている男たちにはどうでもいいことだろう。

「ゲ、ゲイバーって、まさか、本田さ……」

この界隈《かいわい》に出入りする者全てが、男を漁《あさ》りに来るわけではない。娯楽目的の客も多いが、本田はそんな融通が利く男ではないのだろう。信じられないものを見る目で、男たちが本田を見た。

立ちつくす本田の眉間から、深い皺が失せる。

茫然とした眼が、ただ染矢を見ていた。驚愕を映してはいるが、この期に及んでもまだ現実を呑み込めないほどには、愚かではないらしい。

込み上げそうになる溜め息を、染矢は奥歯で嚙んだ。

真実に気づき、怒りに任せて殴りつけられても不思議はない。妹と仕事仲間と思しき男たちの前で、これほどの恥をかかされたのだ。むしろ、それが普通の反応だろう。

染矢にとっては本田が激昂《げっこう》しようが、ましてや恥をかこうが、そんなことは与《あずか》り知らない話だ。そもそもことの発端は、本田自身にある。

分かりきったことだ。それなのに背を向けることができず、染矢は無言で立ちつくす男を見た。

「ごめんなさぁい。私がしつこくお誘いしちゃったから」

装った高い声が、紅い唇からこぼれる。

しなを作った染矢に、声にならないざわめきが男たちの間に走った。

「誘った……って……」

まだ頭をさする少女が、気圧されたように呟く。にっこりと笑みを作ると、少女の頬に戸惑うような赤味が差した。

「この前私、変な男に絡まれちゃって。偶然通りかかった本田さんが助けて下さったの。だから是非お礼がしたくて、今日は無理を言ってお店に来ていただいたのよ」

言葉の半分は、事実でもある。たとえ相手が女装した男であろうと、難儀《なんぎ》している姿を見れば黙ってはいられない。侮辱されたホステスの代わりに、妹を叱りつけられる男なのだ。本田を知る者であれば、それは容易に納得できることなのだろう。顔を見合わせた男たちが、ようやく得心がいった様子で頷き合った。

「だ…、だよな。じゃなきゃ本田さんが、こんなとこに来るわけねーし……」

「やっべ、マジ驚くとこだった。あり得ねぇよな、本田さんがまさか…」

一様にほっとした様子を見せる男たちに、染矢が笑みを深くする。

「そうなのよ。迷惑かけちゃってごめんなさい。今日のは私のおごりだから。妹さんを連れて、早く帰ってあげて」

蹲っていた少女を助け起こし、染矢は軽やかに手を振った。

大盤振る舞いと笑われようが、ささやかな飲み代を惜しんでも意味がない。本田に恥をかかせるのも同じことだ。

いい気味だと笑えないのなら、自分が泥を被る方が後腐れがない。どうせ被り慣れた泥だ。振り返ることなく、高い踵でアスファルトを踏む。階段を降りようとした染矢の耳に、固い物音がぶつかった。

「…っ…」

大きな掌が、階段の壁を打つ。ぎょっとして振り返った染矢の視界に、長い腕を伸ばした本田が映った。

これ以上、なんの用がある。我に返り、やはり染矢を殴りつけようというのか。

身構えた染矢に、男が大きく身を乗り出した。

「思った通りだ。やっぱりあんた、最高にいい女だぜ…！」

強く光る双眸で見下ろされ、染矢は驚きのままに本田を見た。

なにを言っているのだろう、この莫迦は。

ここで自分を突き放さないで、どうするのだ。折角庇ってやったのに、全てが水の泡になる。案の定、取り囲む男たちは再び息を詰め、その場に凍りついていた。

呆れ、怒鳴りつけてやりたい気持ちと同時に、なにかが胸の内側で爆《は》ぜる。溜め息の代わりに、声がもれそうな笑みがこぼれた。

「……ありがとう」

するりと、細い腕を伸ばす。驚く本田を見返し、染矢は日に焼けた頬へ唇を寄せた。

「っ…」

染みついた、オイルの匂いだろうか。あるいは夜の街には不似合いな、太陽の匂いかもしれない。

あたたかな肌に、唇が触れたのは一瞬のことだ。音の鳴る口吻けを残し、染矢は腕を解いた。

「ほ、本田さんっ」

作業着姿の男たちが、目を剝いて本田の元に駆けつける。

一度だけ振り返ると、立ちつくす本田が見えた。茫然とした眼が可笑しくて、新しい笑みが込み上げてくる。

「楽しい夜だったわ」

心からの笑みを残し、染矢は店へと通じる扉をくぐった。


砕ければいい。世界も日常も、呆気なく。

力の限り振り下ろした拳が、鏡を打った。罅《ひび》割れた鏡面に、歪んだ影が映る。こんな醜い影、見たことがない。否。ずっと自分は見続けてきた。磨き上げられた硝子や、壁にかけられた鏡のなかに。

目を、逸らし続けてきたにすぎない。

幼い日から、自分はただ一つの影を追ってきた。見上げるほどに大きな、父親の影だ。ずっと、憧れてきた。やさしい手で頭を撫でられるたび、有頂天になった。駆け寄って、抱きつければよかったのだろうか。

分からない。

しがみついて愛着を示したところで、相手がそれに応えるとは限らないのだ。絶対の保証などないのに、踏み出す勇気は自分にない。

握り締めた拳が、小刻みにふるえる。割れた鏡が、立ちつくす影を映した。無惨に走る罅が、まるで涙みたいに顔を覆う。本当に、泣ければよかった。もっとたくさん泣いていれば、世界は変わっていたかもしれない。

自分の夢想に、嘲笑がもれる。

世界が変わったとして、それがなんになるだろう。

目を閉じなくても、見慣れた影が脳裏に浮かんだ。追い続けた影は、すでに幼い日に見上げたほどには大きくない。上背が伸びたこの体は、もう父親を見上げる必要はなかった。

だが視線の高さが同じになっても、相手の目が自分を映してくれるとは限らない。

私の事務所で働け、と。

そう求められたのは、自分ではなかった。それはなにより、自分が欲しかった言葉だ。

同じ道を辿れば、いつか自分を見てもらえると。父親の背中を追うことが使命であり、愛される唯一の道だと信じてきた。

幼い日から、ずっと。

愚かだった。愚かすぎた。

愛されることを期待して、選んだ全てはただの虚構《きょこう》だ。幻に追い縋《すが》った自分自身もまた、砂できた木偶《でく》だったのかもしれない。

割れた鏡の上に、ぽつりとなにかが落ちる。涙の代わりに流れた血に、少しだけ笑みがもれた。

この体に詰まるのが、本当に砂だったらどれだけましだっただろう。どろどろと醜い感情が、体を内側から腐敗させる。血を流す拳を握り、自らを呪う。

脱ぎ捨てたい。醜い自分ごと、なにもかも。

抜け殻を振り返ることのない、あの蝶のように。


規則的な、音が聞こえる。目覚まし時計のものではない。

重い瞼《まぶた》を押し上げる気にもなれず、染矢は肺の底から息を絞り出した。

厚いカーテンの隙間から、鋭い光が差し込んでいる。朝なのか昼なのか、あるいは夕方なのか。考えるのも億劫《おっくう》だ。呻きながら寝返りを打つと、光の明滅が目に映った。灰色がかった紫のシーツの海に、携帯電話が投げ出されている。鳴っていたのは、これだ。

腕を伸ばす代わりに、染矢は怠《だる》い体を引き上げた。音もなく軋《きし》んだ寝台から、這《は》うように抜け出す。

最悪な気分だ。

昨夜職場で、酒を飲みすぎたせいではない。まだ悪い夢の続きを見ているようで、染矢はふらつきながら床を踏んだ。

大きな寝台が置かれた室内に、生活の匂いは感じられない。黒い鳥籠には鳥の姿はなく、代わりに花の死骸と電灯が飾られている。装飾過多な鏡台を覗き込むこともせず、染矢は浴室へと続く扉を開いた。

このまま浴槽に倒れ込んで、溺れてしまうのはどうだろう。胸を過った誘惑に身を任せる代わりに、洗面台の蛇口を捻る。銀の蛇口からあふれる水を眺めると、視界の隅で影が揺れた。黒と白の大理石が敷き詰められた洗面所には、幾つもの額が下がっている。色や形は様々だが、そのどれにも磨き上げられた鏡がはめ込まれていた。

「最っ悪……」

嗄《か》れた声が、血の気の失せた唇からもれる。

壁に並ぶ額のなかから、暗い目をした男が見返していた。

本当に、最悪だ。

舌打ちを噛み殺し、染矢は冷たい鏡へと指を伸ばした。

こちらを見る男の目は陰気で、生気に欠けている。夢のなかで見たものと同じ、大嫌いな顔だ。ほっそりとした容貌も、覇気のない唇も、なにもかもが気に障《さわ》る。毎朝鏡のなかに、同じ顔を見つけるたびうんざりした。消えることのない、呪いと同じだ。

重苦しい胸の内をそのままに、苦い息を絞る。

冷たい水で顔を洗うと、寝室から単調な音が聞こえた。携帯電話が、また鳴っているらしい。喚き出したい気分で、染矢はタオルに顔をうずめた。

この呪いに形があるなら、それは重く頑丈な鎖の姿をしているはずだ。電話に出ることもせず、染矢は白いシャツに袖を通した。朝食を取らないのは、いつものことだ。ただ違うのは、今朝に限っては鏡台の前に座ることをしなかった。

どんなに仕事で疲れていようとも、鏡台を開けば気持ちが華やぐ。気に入りの化粧品を手に取り、爪に鑢《やすり》をかける入念さで、足首を噛む呪いの鎖を削り去るのだ。

しかし今朝は胡蝶《こちょう》が舞う着物を纏う代わりに、黒いスーツを手に取った。すっきりと体に沿いはするが、なんの変哲もない男物のスーツだ。明滅を繰り返す携帯電話を掴むと、再びそれが神経質な声を上げた。

「……と、しつこい…」

発信者は、確かめるまでもない。父親だ。

投げ捨てたい衝動を堪え、染矢は度の入っていない眼鏡を取り出した。革靴を履いて部屋を出ると、いつもより低い視界に息が詰まる。擦れ違うマンションの住人が、思わずといった様子で染矢の容貌を目で追った。深い色をした黒髪が、表情を隠すように揺れる。その下で瞬く双眸は、波紋さえ起きない静謐《せいひつ》な水のようだ。頰を赤くした女性から顔を伏せて、眼鏡を押し上げる。

「全く…」

鳴り続ける携帯電話に悪態をつき、染矢は重い足取りで地下へと向かった。中庭からも降りることができる地下駐車場には、深緑色の愛車が停まっている。足の速さや、燃費を考慮して選んだものではない。見た目が気に入った、それだけのことだ。

「見た目、ねえ…」

唇のなかで呟いて、車に乗り込む。

昨夜店を訪れた男のことが、唐突に頭に浮かんだ。整備工場を経営している、本田という男だ。車の話題に眼を輝かせた本田は、車と自分の仕事をなにより愛しているらしい。鋭すぎる双眸を思い出し、染矢はふと自らの唇を辿ってみた。

「……莫迦莫迦しい」

先刻とは違う溜め息が、鼻から抜ける。

紅を引いた唇で、昨夜その男の頬に触れた。ただの思いつきで、化粧をした染矢には珍しいことではない。

バックミラーに映る自分から目を逸らし、染矢はアクセルを踏み込んだ。

本田は、呆れるほど率直に自分を褒めた。正確には、化粧を施した染矢を女と信じ、賛美したのだ。単純で思い込みの激しい男ほど、自分の間違いに気づくと反省するより先に腹を立てる。しかし本田は染矢の性別を知っても、罵倒したりはしなかった。それどころか、自分の面子《めんつ》よりも染矢への感謝を選んだ。全く、変わった男だ。そのお陰で昨夜は、今日という日についてあれこれ考える余裕も生まれなかった。

「…あんな珍獣前にしたら、仕方ないか」

珍獣、という自分の言葉に、奇妙に納得する。

久芳の友人と言う時点で、十分に未知の生物だ。実際の本田は、その想像を超えるほど珍しい毛並みの持ち主だった。

変わってはいるが、悪い男ではないのだろう。だが本田が気に入ったのは、女の形《なり》をした染矢だ。真実を知った以上、再び店を訪れる理由があるとは思えない。

「残念と言えば、残念、か…」

もう一度くらいなら、顔を見るのも悪くなかったかもしれない。無責任な自分の想像に、少しだけ唇を歪める。

尤も昨夜回収し損ねた飲み代を加味しても、本田の不在を嘆く気持ちはなかった。こんなことは、夜の街では日常茶飯事だ。むしろ今は、鳴り続けている携帯電話の方が余程重大な問題だった。

「……勘弁して…って、あ」

嘆いた染矢は、液晶画面に映し出された名前に眉をひそめた。先程まで、繰り返し携帯電話を鳴らしていた発信者とは違う。従業員からの連絡に、染矢はハンドルを切った。

「今日は休むって、言っておいたのに」

開店時間までには、まだ十分時間がある。なにか急ぎの問題が起きたのだろうか。車を停められる場所を探した染矢は、通りの端に立つ人影に息を詰めた。

人が行き交う歩道に、小柄な影が見える。何故そんなものに目が留まったのか、自分でも不思議だ。白い鞄《かばん》を提《さ》げた綾瀬が、赤信号の手前で立っている。その傍らには、買い物袋を抱えた久芳の姿があった。

「嘘《うそ》……」

綾瀬が身を寄せるマンションも、久芳の勤務先もこの新宿だ。決してあり得ない偶然ではないが、始終あるものでもない。ぎょっとして、染矢は自分の頰に触れた。ファンデーションを塗っていない顔は、裸でいるのと同じ頼りなさだ。こんなもの、見せるわけにはいかない。絶対に。

車を停めることを諦め、染矢がアクセルを踏み込む。速度を上げようとしたその時、綾瀬がこちらを見た。

「…っ、綾ちゃん、あんたって子は…っ」

平素は底なしに鈍いのに、どうしてこんな時ばかり鋭いのか。ふと車道を見た綾瀬と、目が合うかと思った。実際、琥珀色の瞳と、視線が嚙み合ったかもしれない。

反射的に、大きくハンドルを切る。

高く軋んだタイヤの音に、大粒の瞳が見開かれた。振り払うように脇道へと折れると、瞬く間に人影が後方に去る。

「助かった……」

上擦る声をもらしたその時、染矢は再び肺を引きつらせた。減速したバックミラーに、濃い影が映る。危ないと思った時には、すでに遅かった。

「わ…っ…」

衝撃と音とが、同時に体を打つ。

勢いよく揺さぶられる感覚に、染矢は声を上げて体を丸めた。

「……っ……」

ぶつかったのか。なにに。

混乱のなかで、顔を上げる。しかし前方には車の影も、障害物もない。自転車か、あるいは歩行者を轢《ひ》いたのか。ぞっと全身から血の気が下がり、染矢はシートベルトを探った。

降りなければ。

エアバッグが作動するほど、強い衝撃ではなかったらしい。だがそんなことは気休めにはならず、染矢は車の扉を開いた。

目を覚ました瞬間から、今日の自分が注意不足だったことは明らかだ。綾瀬を見つけ、動転していたことも言い訳にはならない。しかしふらつきながら覗き込んだ路上に、人影はなかった。

「大丈夫か!?」

低い声が、瘦身を打つ。混乱のまま振り返った視界に、男の姿があった。

「な……」

声も上げられず、ただ瞬く。

愛車の真後ろに、頑丈な車体があった。近すぎる距離だ。無惨にへこんだ愛車の後部が、目に飛び込んでくる。他人を轢いたのではなく、自分が追突されたのか。

現実を呑み込もうにも、鈍く光る後続車のボンネットから目を逸らせない。それだけでなく、飛び出してきた男からも視線を引き剝がせなかった。

「おい！　怪我はねえのか？」

がさつそうな声が、大声で問う。

頷くことも忘れ、染矢は茫然と瞬きを繰り返した。

だからこれは、どんな偶然なのだ。いや、呪縛《じゅばく》と呼んだ方が正しいかもしれない。

東京《とうきょう》は、世界でも希有《けう》な人口過密都市だ。狭い地域を移動していれば、自ずと顔見知りと擦れ違うこともあるだろう。先程綾瀬を見かけたことは、まだ納得がいく。しかし昨夜客として店を訪れた男と、路上で追突事故を起こす可能性はどれくらいあるのか。

「…本……」

喉元へと込み上げた名前を、ぎくりとして呑み下す。我に返り、染矢は両腕で顔を覆った。

なんてことだ。

化粧をした自分を見初《みそ》め、店にまで訪れた男に素顔を晒《さら》すとは。

自分が本物の女でないことは、単純な事実だ。隠してもいないし、誤解したのは本田の勝手だ。しかし化粧で覆い隠していた自分自身を暴かれるのは、話が違う。

思わず顔を伏せた染矢を、駆け寄った男が覗き込んだ。

「どこが痛ぇんだ。今、救急車呼ぶから」

大きな掌に、肩を摑まれる。怪我を負い、蹲っていると誤解されたのだろう。顔を引き上げられ、染矢は息を詰めた。

笑われる。絶対に。

身構えた染矢の頭上で、本田が眉間を歪めた。

「放……」

「…あんた…」

強い目が、間近から染矢を見た。

「……ぁ…」

「本当に怪我はねえのか？」

呻いた染矢を、本田がまじまじと見下ろす。

怪訝そうに眉根を寄せはしたが、男はいきなり笑い出したりはしなかった。

もしかして、気づいていないのか。

息を継ぐことができず、染矢は薄い胸を喘がせた。染矢の店の従業員たちを目の当たりにしても、女だと信じて疑わなかった男だ。もしかしたら化粧を落とした自分と、昨夜の自分とは全く結びついていないのかもしれない。

「だ、大丈夫です…」

いつもより、意図的に低い声を絞る。逃げ出さなければ。今のうちに。ふらつき、車内へ戻ろうと体を折ると、大きな掌がそれを押し止めた。

「大丈夫なわけねえだろ」

頑丈な指が、手首に食い込む。乾いた熱さに、指先にまでふるえが走った。

「ぼ、僕の不注意です。責任は取りますから、電話番号を教えて下さい。後で保険会社から必ず連絡をさせますから。僕の番号もお教えします」

「莫迦言え。カマ掘っちまったのは俺だ」

カマという言葉に、ぐっと左の胸が軋む。この男は本当に、自分が何者か気づいていないのだろうか。嫌な汗が掌に滲んで、染矢は眼鏡を押し上げた。

「いえ、本当に……」

「俺ァ整備工場やってっからそこで……」

捲《まく》し立てた男が、はっと眼を見開く。唐突に車内へと身を乗り出され、染矢はぎょっとして身動《みじろ》いだ。

「ちょ……」

「こいつ、あんたのか？」

剣呑とも呼べる眼が、間近から染矢を振り返る。視線を巡らせると、助手席に投げ出された携帯電話と鞄が見えた。

薄紫の携帯電話には、黒い蝶の飾りが下がっている。特別派手ではないが、男の持ち物というには少し苦しい。ぞっと血の気が下がり、染矢は細い喉を喘がせた。

もしかしたら昨夜本田を店で迎えた際、自分はこの携帯電話を手にしていたのではなかったか。その想像に、悲鳴がもれそうになる。

「これ、は……」

信じがたいほど鈍いと思いきや、野生動物並みの鋭さを備《そな》えているらしい。声を上擦らせた染矢を見返し、本田が助手席に手を伸ばす。止める間もなく鞄を開かれ、染矢は動転した。

「な！　なにするんだ…っ」

携帯電話はともかく、鞄は男物だ。断りもなくそれを開いた本田が、黒い財布を摑み出した。

「ちゃんと弁償するって言ってるだろう！　か、返せ…！」

染矢の抗議に耳も貸さず、男が財布の中身を物色する。財布を引ったくろうとした染矢に、本田が抜き出した紙片を突きつけた。

「染矢」

明確に名を呼ばれ、喉元にまで心臓が跳ね上がる。

本田が手にしているのは、染矢の保険証だ。そこに記されているものは、当然染矢の本名だった。

「…僕、は……」

なにが、僕は、だ。もう言い訳はできない。

目の前が暗くなり、このまま焼き切れるかと思った。

今度こそ、笑われる。

予想外の事故とはいえ、こんな窮地くらいいつもの自分なら難なく切り抜けられたはずだ。いつもの、ではない。完璧に化粧を施し、物怖《お》じすることなく人を見返すことができる染矢だったら、こんなことにはならなかった。

苦いものが胸を覆って、窒息しそうになる。いっそ電柱にでも突っ込んで、昏倒してしまいたい。

固く唇を引き結んだ染矢を、鋭利な双眸が覗き込んだ。

「あんた、兄弟いんのか」

「………は？」

うつむいた染矢の顔を確かめようと、本田が路上にしゃがみ込む。

「新宿で働いてる、兄弟」

低い位置から、本田が繰り返し尋ねた。

確かに、染矢には兄がいる。だが誰も新宿では働いていないし、心当たりもない。

首を横に振ろうとして、染矢ははっと目を見開いた。

「それって……」

脳裏に、長い髪をした自分が過る。恐る恐る本田を見返すと、男が右の眉を吊り上げた。

「やっぱいいんだな。あんたあの姐《ねえ》ちゃんの兄貴か？」

どんな思考回路を持ってすれば、そんな結論に至るのだろう。だが本田は目の前の自分を、女の姿をした染矢の兄だと理解したらしい。どっと全身から力が抜けると共に、怒りにも似た感情が肺を焦がした。

ここまで鈍ければ犯罪だ。頭の一つでも殴りつけてやりたいが、そんな場合ではない。

「か、薫子の…？」

上擦りそうな声を制して、染矢が本田の手から財布を奪う。

「そうだ。すっげえ偶然だなおい。…でもあんたよく見ると……」

不意に声を落とした本田が、じろじろと染矢を見た。さすがに都合よく、騙《だま》されてはくれないものか。往生際悪く、染矢は眼鏡を押し上げた。

「全っ然似てねえな。顔」

今自分が踵の高い靴を履いていたなら、間違いなく容赦のない蹴りを見舞っているところだ。女の姿をした自分と、化粧を落とした自分とではまるで印象が異なる。それは事実だが、しかしどれだけ化粧をしようと、造形そのものは変わらない。この近さから覗き込んで分からないというのは、やはり相当な節穴だ。

「……よ、よくそう言われます。…それじゃあ、必ず連絡しますから僕はこれで…」

迸《ほとばし》りそうになる罵声を腹に収め、車中へと身を捻る。しかし運転席に着くより早く、もう一度伸びた手に引き戻された。

「そんなわけにいくか！　染矢兄《あに》と分かったからには、車ぶつけた挙げ句、このまま帰すなんてできるかよ」

断言した男が、上着から携帯電話を探り出す。

「ま、待ってくれ！　警察は…」

はっとして、染矢は大きく頭を振った。

どんなちいさなものでも、事故を起こした限りは警察を呼ぶのが最善だ。しかしこんな状況で足止めを食らえば、自分の正体は確実に露見する。

「あ？　なんか事情があんのか？」

明らかに不審そうな眼が、じろりと染矢を見た。

「そ…、そう、なんだ」

思わず首を縦に振り、染矢が舌先で唇をしめらせる。

「…やばいことか？　つかなんであんた、妹……弟の携帯持ってんだ。近くにいんのか」

近くどころか、目の前にいる。

視線を巡らせた男に、染矢は胸のなかで叫んだ。

「……これから…実家で用事があるんです。大切な用件で、薫子ともそこで会う予定なんですが、約束の時間に遅れそうで…」

腕にはめた時計に、ちらりと視線を落とす。

実家、という言葉に、鉛のような重さが喉を塞いだ。全てが嘘ではないが、しかし真実かと問われれば返答に窮した。

「だからって警察も呼ばねえで、ンな車で移動できねえだろ」

どう贔屓《ひいき》目に見ても堅気の風貌とは言いがたいくせに、一々正論を吐く男だ。一刻も早くこの場から離れたい一心で、染矢は首を横に振った。

「すぐに業者を呼んで、タクシーで移動すれば間に合うかもしれませんから。すみませんが、今日はこれで……」

鞄と携帯電話とを摑み、そそくさと車を降りる。逃げるように歩道へ急ごうとした染矢を、逞しい腕が阻んだ。

「そこまで言うんなら仕方ねえ。車回収する手配も俺がさせてもらうから、乗れよ」

携帯電話を手にしたまま、本田が顎をしゃくる。

「…え？」

「足止めしちまったのは俺の責任だ。実家まで送る」

言うが早いか、本田が携帯電話を耳に押し当てた。面倒事を避けて通るどころか、むしろ先程よりも活き活きした眼をしてはいないか。怒鳴る勢いで、男が電話の向こうに通りの名を告げた。染矢の車を回収する段取りをつけているらしい。

「待…ッ！　必要ありません。これ以上ご迷惑はおかけできませんから…！」

摑まれた腕ごと、ちぎれそうな勢いで首を横に振る。自分は一秒でも早く、本田の前から消え去りたいのだ。大声で断るが、男は苦にした様子もなく染矢を引き寄せた。

「気にすんな。あんたの弟には借りがあんだ」

もし昨日の飲み代に報いる気があるのなら、今すぐ自分を自由にして欲しい。だが染矢の望みを叶えることなく、本田が後方を示す。

「乗れ。なにがあっても約束の時間に、間に合わせっから」

無造作に指され、染矢は思わず視線を振り向けた。

無惨にへこんだ愛車のすぐ後ろに、厳《いか》つい車が停まっている。先程も確かに、その車を目にしたはずだ。しかし改めて見返した車体に、染矢は声を失った。

「な……」

いかにも馬力がありそうな、スポーツカーだ。だが染矢を驚かせたのは、車種の問題ではない。

何故先程は、この鮮やかさに気づかなかったのだろう。

見たこともないほど鮮明な青い車体が、眼底に焼きついた。目を背けたくなるその青さを、紅蓮《ぐれん》と黒の火炎が包んでいる。それだけで十分取り返しがつかないが、磨き上げられたボンネットには大きな文字が刻まれていた。

仁義、という毛筆を目にした途端、膝から崩れ落ちそうになる。

これに、乗れと。

それは一体なんの冗談だ。もしかして、朝から今に至る一連の出来事は全て夢なのか。

悪夢の底で首を振ろうとしたが、無駄だった。

「助手席でいいだろ」

立ちつくす染矢の肩を、大きな掌が促す。至極当然そうな男の物言いに、染矢は恐ろしい速さで振り返った。

「前も後ろも遠慮します!!」

都内を移動していれば、時折思いも寄らない車を見かけるものだ。角を曲がれるのが不思議なほど長いリムジンや、高価だが趣味を疑う紫色のスポーツカーも、東京らしいと言えなくもない。だが目の前の車は違う。乗れ、と。もし本気で本田が口にしているのなら、この男は間違いなく正気ではなかった。

「遠慮なんかいらねえ。自分の車だと思って寛いでくれ」

「そういう意味じゃないっ……」

過呼吸寸前の染矢に、本田が青い車の扉を開く。

こんな車に乗るくらいなら、今ここで男の首をへし折る方が建設的だ。

叫ぼうとして、染矢は空気の塊が喉を塞ぐのを感じた。

大通りへと続く道に、人影がある。事故に気づいた者が、様子を見に来たのか。あるいは単なる通行人か。一瞬頭を過った考えを、小柄な影が一蹴《いっしゅう》した。

「綾ちゃ…」

明るい髪の色をした少年が、歩道を歩いてくる。買い物袋を手に斜め後ろに続いているのは、同行者の久芳だ。

目立った商店もないこの通りに、なんの用があるのか。

どっと背中に冷たい汗が流れ、染矢は倒れるように青い車の陰に滑り込んだ。

「安心しろ。あんたの車も傷一つ残んねえように、ばっちり磨いてやっから」

扉へと縋った染矢の横に、本田もまた膝を折る。

鏡のように磨き上げられた車体に、染矢が目を奪われているとでも思ったのだろうか。だが今立ち上がれば、綾瀬に見つかるのは確実だ。綾瀬一人でも恐ろしいが、傍らには久芳もいる。そして目の前には、本田が。

選べる道など、なにもない。

助手席の扉を開かれ、染矢は今日という日を呪った。

「……おい、大丈夫か」

無骨な声が、問う。

首を横に振ってやるつもりが、染矢は力なく頷いた。

「平気…、です」

絞り出す声が、我ながら弱々しい。

清潔な助手席で体を丸め、染矢は深い息を吐き出した。まだ体が揺れているようで、気持ちが悪い。

開かれた扉から入る、空気の冷たさが唯一の救いだ。

「飲めるか？」

ひやりと、顳顬にぬれた感触が当たる。水滴を纏うペットボトルを差し出され、染矢は眼鏡越しに男を見上げた。

嫌味なほど高い空が、本田の頭越しに見える。コンクリートが敷かれた駐車場の一角で、染矢は低い呻きをもらした。

一体これは、どんな呪いだ。

雲を踏むような頼りなさに、染矢は込み上げてくる不快感を呑み下した。

「いえ…」

「少し楽になるかもしれねえぜ？」

コンクリートにしゃがみ込んだ男が、ペットボトルの栓を捻る。

車酔いをしたなど、何年ぶりだ。

正気を疑う車の外観と同じくらい、本田の運転は常軌を逸していた。粗雑なわけではない。むしろ素人目にもそれと分かるほど、本田の運転は巧みだった。

しかし理由はどうあれ、染矢は追突事故を起こした直後だ。そうでなくても今日は、肉体的にも精神的にも磨り減っている。結果として恐ろしい速さで流れてゆく景色についてゆけず、不覚にも血の気が失せた。

「おら」

冷えたペットボトルを、改めて突きつけられる。断るのも面倒で、染矢は青褪《ざ》めた手を伸ばした。

「すまねえな」

染矢が口をつけるのを確かめ、本田が唇を引き結ぶ。

「え？」

「時間」

腕の時計を顎で示され、染矢は自らの左腕を持ち上げた。

「…いえ…。無理を言ったのは、僕ですから」

本田が恐ろしい速度で車を飛ばしたのは、偏に染矢を目的地まで送り届けるためだ。

実家に帰るなどと、何故正直に口にしてしまったのだろう。

通報を免れ、あの場から逃げ出したい一心で口走った言葉だ。もっと上手い言い訳くらい、いくらでもあったはずなのに。ここが実家の駐車場でないことが、せめてもの慰めだ。新しい苦さが胸元に込み上げて、染矢は冷たい水を口に含んだ。

「あんたの車は、もう俺んとこの倉庫に入ってる。安心してくれ」

コンクリートにしゃがんだまま、本田が携帯電話を確認する。

愛車を車道に放置せずにすんだのはなによりだが、目の前の男が経営する工場へと引き取られた現実は、果たして喜べることだろうか。

「これ以上、ご迷惑はおかけできませんから、修理は自分で手配します。レッカー代や経費は、勿論お支払いしますから」

口元を拭い、染矢がもう一度時計に目を落とす。

まだ体の芯がぐらつくが、ここで本田とのんびりしてはいられない。助手席から降りようとした染矢を、男が制した。

「いらねっつってんだろ。もう少し休んだら、出ようぜ」

「本当にもう十分です。本田さんもお仕事忙しいんでしょう。後はタクシーで行きますから」

頼むから、タクシーに乗らせてくれ。懇願に近い染矢の訴えに、本田がしゃがんでいた体を起こした。反動をつけることなく立ち上がった体軀は、いかにも頑丈なものだ。

「言ったろ。あんたのい…弟に、恩義があんだ。送り届けるって決めたからには、最後まで遣り遂げる。それが男ってもんだ」

その見た目を裏切らない暑苦しさは、どうにかならないのか。抗議しようにも、腹を決めた本田の前では、どんな言葉も無駄に思えた。

「…薫子も、十分感謝してると思います。でも、甘えすぎると、怒られますから」

「仲いんだな。あんたら」

尚も食い下がった染矢に、本田がおおらかに笑う。

そんなことを言われても、否定も肯定もしようがない。本田が勝手に染矢を女と信じたのとは違い、これは意図的に騙しているのだ。自分が感じる苦さにも腹が立って、染矢は身動いだ。

「これ以上君に甘えると、仲が悪くなるかも」

「そいつは困るな。けど、覚悟はしといてくれ」

笑った男が、運転席へと移動する。逃げるなら、今しかない。慎重に周囲を見回した染矢に、本田が唐突に足を止めた。

「つか、本当なのか。染矢が今、実家にいるってのはよ」

「…っ…」

単刀直入に問われ、ぐっと息が詰まる。

「…それ…は……」

やはり、見抜かれているのか。

言うまでもなく、実家に帰り着いたところで女の姿をした染矢がいるはずもない。そもそも本当に、あんな者は存在していたのだろうか。ぞっと胸の内側が冷えて、染矢は車から降りようとした。

「いねえのか？」

見下ろしてくる本田の眼が、剣呑な輝きを増す。刃物を突きつけられているような息苦しさに、染矢は喘いだ。

「す…まな……」

「なんに巻き込まれてんだ。ヤベェことか？」

真剣な眼をした男が、重ねて問う。

「やば…い…？」

「俺はともかくよ、あんたみてぇな奴が警察呼べねえなんて、よっぽどのことだろ」

警察を呼びたくないと、そう主張した染矢の真意は別にあるのではないかと、本田はそう言うのか。思ってもみなかった問いに、言葉に詰まる。

警察を呼べない理由など単純だ。本田と共に、事故現場の実況見分など受けたくない。それだけのことだ。些細《ささい》な上に、あまりにも莫迦莫迦しい。喉どころか腹の深い場所から呻きがもれそうで、染矢は薄い唇を噛んだ。

本当に、莫迦莫迦しい。その上、嘘塗《まみ》れだ。

自分の愚かさを呪いながらも、同時に真実が露見しなかったことに安堵《あんど》する。なにもかもに嫌気が差して、染矢は首を横に振った。

「…なんでもない。本当に急いでただけですから」

「気ぃ遣わなくていいんだぜ。揉め事だったら力になる」

気負いのない声を重ねられ、肩が揺れる。

力になるなど、安直で無責任な言葉だ。しかし本田の声には、確固たる確信があった。心の底から、男はその言葉を口にしているのだろう。

真っ直ぐに注がれる視線を仰ぎ見て、染矢は深い息を吐いた。

「……今日は…、実家で法事があるんです。僕は忙しいから断ってたんだけど、父が頑固《がんこ》で」

何故こんなこと、この男に話しているのだろう。

唇からこぼれた声に、嘘は混ざらない。

胸の奥が軽くなる錯覚と、罪悪感にも近い悔恨《かいこん》が喉を塞いだ。染矢から眼を逸らすことなく、本田が眉根を寄せる。

「本当か、それ」

疑り深い声を出した男に、染矢は首を縦に振った。

「はい。…事故起こしたから欠席するなんて言ったら、余計面倒なことになるかと思って」

嘆息を絞り、時計をはめた腕に目を落とす。

ぶつかった相手が本田でなかったら、事故を口実にこれ幸いと法事を休んでいたかもしれない。今だって、本当は実家になど帰りたくなかった。だが逃げれば逃げるほど、面倒なことになるのは染矢にだって分かっている。

「俺ァあんたを信じる」

じっと染矢を覗き込んだ男が、低い声で頷いた。

「心配させてすみません。誰も、危険な目になんか遭ってないし、大騒ぎするような用件じゃないんです。僕の勝手な都合で、迷惑かけてしまって」

だから、もうこれ以上つき合わせるわけにはいかない。

頭を下げ、立ち上がろうとした染矢の肩に、本田の腕が伸びた。

「分かった。任せとけ」

「だ、だから…！」

染矢の体を助手席に押し込み、本田が勢いよく扉を閉じる。真っ直ぐ運転席に戻った男が、当然のようにエンジンを吹かした。

「悪かったな。無駄な時間取らせちまって。巻き返すからもう少し辛抱してくれ」

「い、いいって言ってるでしょう！　下ろしてくれ！」

この男は本当になにを聞いていたのか。叫んだ染矢に構わず、本田がギアを切り替えた。首を捻って後方を確認したかと思いきや、すぐさま車が動き出す。

「ンな家族思いな兄貴、ほっとけっか。さっきよか安全運転で攻めるから、もう少し我慢してくれ」

「ちょ…！　人の話を……」

話を聞けなどと叫ぶのは、この男に対してどこまでも無意味なのか。勢いよくハンドルが切られると、タイヤを軋ませて車体が道路へと飛び出した。

車体の揺れは少ないが、タイヤが上げる悲鳴と流れてゆく景色の速さはすさまじい。本能的にシートベルトを締め、染矢は運転席に座る男を睨《にら》んだ。

「あ、安全運転って君…っ」

「警察に捕まるようなヘマはしねえから。それはそうとよ、い…弟は？　弟は親と暮らしてんのか？」

視線を向けられ、染矢が弾《はじ》かれたように首を横に振る。

「まさか」

女装した息子を、手元に置きたがる親がどれほどいると思っているのか。染矢の店で働く従業員たちでさえ、事情は様々だ。即答した染矢に、本田が興味深そうに頷いた。

「あんたと弟は？　別々に住んでんのか？」

「……なんで聞くんです。そんなこと」

正面の車窓に目を向けると、痛いほどの車体の青さと文字とが飛び込んでくる。ついでに言うなら、ぎょっとした表情で擦れ違う対向車の反応までもが見えた。

「大事にしてんだなと思って。家族」

ハンドルを握る男が、唇の端を吊り上げて応える。

どこをどう曲解すると、そうなるのだ。迫《せ》り上がる溜め息ごと、染矢は否定の言葉を呑み込んだ。

「大事…ですか…」

「俺んとこも、つーか、俺んとこはつーか、妹がいるからよ」

自らの家族について語る本田には、歯切れの悪さなど欠片もない。それは男にとって、ごく一般的な話題なのだろう。

「……暮らしてるんですか？　妹さんと一緒に」

「暮らしてるっちゃ、暮らしてんな。俺んとこのはまだ中坊だし」

中学生と言われれば、納得がいく。昨夜店の側で見かけた少女の姿が、すぐに脳裏に蘇った。

「随分離れてるんですね、歳」

「間にまだごろごろ兄弟がいるからな」

当然のように返され、染矢がげんなりと唇を引き結ぶ。ヤンキーの大家族とは、これもまた絵に描いたようではないか。

「あんたんとこは？」

「普通です」

即座に応えた染矢に、本田が声を上げて笑う。なにがそんなに、面白いのか。横目で睨むと、男がこちらを見ていた。

「頑固だつってたけどよ、厳しいのか、親父さん」

笑いを収めることなく、本田が尋ねる。口を閉じていろと言ってやりたいが、向けられた問いに喉が詰まった。

「……まあ」

自分でも嫌になるくらい、声が堅くなる。

こんな問いなど、笑って受け流すことは簡単なはずだ。そうできなくても、莫迦正直に真実を口にしてなんになる。分かっているのに、短く応えた自分に腹が立った。

「どんな親父さんなんだ。あんたの父親って」

ほとんどブレーキを踏むことなく、車は走り続ける。

どんな、父親か。

思い描こうとして、染矢は自嘲が肺を蹴るのを感じた。

しかし笑おうにも、強張《こわば》る喉は少しも声を上げられない。瞬いた双眸の奥で、影が揺れる。常に追い払いたいと願い、捨てきれない過去の残像だ。

打ち割った鏡と、一番聞きたくなかった言葉。

昨夜染矢を磨り減らした夢の残骸が、性懲りもなく首筋に貼りついてくる。まるで朽ちない呪いの鎖か、幽霊だ。自分の想像に、染矢は今度こそちいさく笑った。

幽霊だったら、目の前にいる。窓硝子に映る、暗い目をした男だ。

大学生の自分も、今と同じ目をしていた。高校生の頃も、そしてもっと幼い時だって同じだ。その手が握っていた進路希望もまた、いつだって同じだった。

父の跡を継ぎたい。

染矢の物心がつくずっと前から、父は弁護士として活躍していた。厳格で、冗談を言うところなど見たこともないような父だ。その父と同じ仕事に就くことが、長い間染矢の夢だった。

夢と言うより、そうなるのが当然だと、幼い頃から信じてきた。

優秀な父からすれば、自分はできの悪い子供だったかもしれない。試験で好成績を修めても、満点でなかったことを指摘されたこともある。事実、自分は完璧ではなかった。それでも息子として恥ずかしくないよう、立派な父に追いつこうと努めた。

あの日までは。

指先が辿る記憶は、いまだ生々しい痛みを伴う。

忘れてしまえる日がくるのなら、今日がそうであって欲しいと何度願ったか。訪ねようとした父の書斎で、染矢はその言葉を聞いた。

弁護士になれ、と。

自分の事務所に来い、と。

欲し続けたそれは、染矢に向けられたものではなかった。旧友の息子を前に、父親は長年の考えであると口にした。

狩納北の存在は、染矢も昔から知っていた。近づきがたい空気を纏った、特別な男だ。積極的な関わりを持つまでもなく、その存在は常に視界の端にあった。容姿や素行のせいではない。狩納はなにをしていても人の目を惹かずにはおられない、そんな男だ。

その狩納に、父は自分と同じ仕事に就けと言った。腕力だけでなく、狩納が優秀な男であることは染矢も知っている。

だからといって、納得などできない。できるはずがない。

そこにいたのか、と。

動けずにいた染矢に気づいた時、父は呆気なく声をかけた。そこにいたのか。気づかなかった、と。

狩納の進路について語った唇で、父が自分に告げたのはそれだけだった。

見えてなど、いなかったのだ。

最初からそうだった。納得できたことがあるとすれば、一つきりしかない。

自分では駄目なのだ、と。

父の目に映ってさえいなかったのだと、それだけはよく分かった。

「染矢？」

訝る声に、ぎくりとする。走り続ける車のなかで、染矢は息を詰めていた自分に気づいた。

「大丈夫か？　まだ気分悪ぃか？」

無骨な声が、気遣う。ふらつきそうな頭で、染矢は首を横に振った。

「別に…。僕の……」

青褪めた顔を隠したくて、黒縁の眼鏡を押し上げる。深く息を吸ったが、強張った肺が解けることはなかった。

「普通の人だよ。僕の……父は」

「ンなわけねえだろ」

絞り出した応えを、本田がすぐさま否定する。

普通という言葉をどう定義するか、それは人それぞれだ。だがこんな自分に比べれば、父は飛び抜けて優秀で、そして普通の価値観の持ち主だ。そしてこんな確執は、どんな家庭にもありふれている。父はきっと、あの日の出来事さえ覚えていないだろう。愚かな胸を占める劣等感など、平凡すぎて確執などとも呼べないものだ。

「普通、だよ。きちんとした仕事をして、きちんとした家に住む普通の人だ」

「そういうんじゃねえだろ。あの染矢の親父だぜ？　普通なわけあるかよ」

それは、どんな意図を持った言葉だったのか。

あの、染矢の。

化粧を施した、華やかな存在。本田が口にするのは、染矢であって染矢ではない。胸の内で繰り返した途端、ざらりとしたなにかが背筋を包んだ。

「……普通じゃないって？」

掠れた声が、操られるようにこぼれる。車の座席に体を預け、染矢はバックミラーに映る自分を見た。

「気っ風《ぷ》がよくて、華があって、度胸もあってよ。頭もよくて気も利くし。俺の店の連中も気に入っちまったみてぇで、また会いてぇって言ってやがる」

思い出したように、本田が唇の端を吊り上げる。店の従業員というのは、昨夜路上にいた男たちのことだろうか。あんな短い遣り取りでも、男たちは染矢に好感を抱いてくれたのだ。

「また、会いたい……」

「そう思わせる奴だよな、染矢は」

機嫌よく首を縦に振り、本田が眼を細める。

「あんな子供なら、親父さんだって自慢だろうぜ」

同意を求めるように視線を向けられ、鏡のなかの男が瞬いた。

なんて、賛辞だ。出会ったばかりの相手でさえ、自分という人間を肯定してくれる。華やかな羽根を持った、自分を。

それは長い間、染矢が憧れ続けたものだ。

決して卑屈になることなく、自分という存在を貫いて生きる。喩《たと》え父親が認めてくれなくとも、自

分には羽根があるのだ。頸木を脱ぎ捨て、舞い上がる力を得た羽根が。

「染矢…？」

細い指が、スーツに包まれた自らの胸元を摑む。奥歯を噛み締めた染矢を、ハンドルを握る男が怪訝そうに覗き込んだ。

口を開こうにも、顳顬が引きつって動けない。

まるで、他人の体だ。否。これが、自分の体なのだ。

目の前の男も、それ以外の者たちも、決して自分を否定したりはしない。背中に生えた羽根を賛美して、自分という人間を認めてくれる。最高ではないか。それは染矢が、欲したものだ。

それなのに何故、この瞬間こうも重いものが胸を塞ぐのか。

「平気かお前。すげえ顔色だぞ」

「うるさい…ッ！」

尖った声が、唇から迸る。金属的なその響きに、胸の悪さが一層増した。

「どうした、マジで…」

「うるさい！　黙れ…ッ」

気遣う男の声さえ聞きたくなくて、大声で喚く。唐突に叫んだ染矢に驚き、本田が眉根を寄せた。

自分を見る男の眼から逃れたくて、扉に手を伸ばす。施錠された把手《とって》を摑むと、染矢は力任せに引っ張った。

「…ッ！　おい、なにしてやがる！」

ぎょっとした本田が、身を乗り出す。肩を摑もうとした男の腕を、染矢は全身で跳ね除けた。

「黙れって言ってるだろう。僕は……」

吐き出した声の大きさと同じだけ、肺が騒ぐ。冷静に鍵を外せば、走行中とはいえ扉を開くことができたはずだ。しかし逞しい腕に体を引き剝がされ、染矢は眼鏡の奥の目を閉じた。

「僕は……、こういう人間なんだ…」

支離滅裂で、身勝手で、自分自身のことも御し得ない。その上いつだって、逃げ出すことばかり考えている。論《あげつら》えば、際限がなかった。

「…暗くて、卑屈で、人の顔色を窺うことしかできなくて……」

指を折って、数え上げてやりたい。化粧を施して眼を眩《くら》まそうにも、この身の内に詰まっているのは薄汚い汚泥でしかない。消し去ることも、できないのだ。こんな自分自身を。

「しっかりしろ。死にてえのかよ」

「もっとちゃんと、殺しておけばよかったんだ！　こんな……、こんな僕なんか！　だから父さんだって……」

怒鳴りつけた本田の腕が、肩口に食い込む。身を捻り、染矢は声を高くした。

気づかなかった、と。

父は本当に罪のない目をして、そう言った。言い訳や嘘でないことは、嫌というほど分かった。ただあの目で、自分を見て欲しかっただけだ。不出来でも自慢の息子だと、その一言が欲しくて努力してきたのに。

「父さんだって、選んだんだ。狩納を……」

絞り出した名前に、恨みはない。

実際狩納や父を憎む気持ちは少しも湧かなかった。悪いのは輝きを手にして生まれた狩納でも、自分を愛さない父でもない。

憎むべきは、惨めな自分自身だけだ。

自分が自分である限り、愛される理由などどこにもない。

「殺した、はずだったのに……」

呻いた体が、大きく揺れる。タイヤを軋ませた車が、突っ込む勢いで路肩に停まった。茫然とした呟きと共に、なにかが頬を伝う。

ぽつりと音を立てて、透明な雫が膝に落ちた。指で触れてみても、理解ができない。

泣いて、いるのか。

驚きと共に強張った体に、長い腕が伸ばされた。

「あ…」

頑丈な腕が、痩せた背中を引き寄せる。取り押さえられたわけでも、殴りつけられたわけでもない。

無言のまま腕を伸ばした本田が、蹲る染矢へと身を乗り出した。

「…っ」

振り払いたいのに、指先一つ動かせない。力なくふるえた肩を、撫でる代わりに叩かれた。子供をあやす動きと同じ、穏やかな力だ。厚い胸板へと引き寄せられ、鼻腔《びこう》の奥を冴えた痛みが刺した。

「……なれ…なかったんだ……、蝶になんか……」

啜り上げた息が、微かな声になる。言葉になどするつもりがないのに、それは簡単に唇を越えた。

「化粧をして、取り繕ってみても結局は……」

あふれ続ける涙も言葉も、止まることがない。引き寄せられるまま、染矢は男の肩口に額を押し当てた。

「醜い、蛹のまま……、なにも変わらない…」

この背に羽根を得たいと考えるのは、すぎた望みだったのか。嫌悪する自分自身を捨て去って、生まれ変わる。叶えたと思ったその願いは、呆気なく染矢を見限った。

「染矢…」

骨張った本田の指が、痩せた肘を辿る。そっと体を引き起こされ、鋭利な眼光が間近から自分を見た。

「お前、あの染矢か…?」

与えられた声に、肩が跳ねる。

ぞっと、例えようのない冷たさが踝から込み上げたが、もう遅い。両腕を摑んだ男の指の強さに、染矢はぶるりと体をふるわせた。

「あ……」

逸らされることのない眼が、射るように自分を見る。その眼にあるものは、確信だ。たとえ底抜けに鈍くとも、ここまできて気づかないなどあり得ない。ふるえる指で、染矢は車の扉を探った。

「染矢なんだろう？　なんでお前、兄貴だなんて…」

「黙れッ！」

叫んだ声は、肯定と同じだ。上手く白《しら》を切り通せば、逃げ道など幾らでもある。頭では分かっていても、有効な言葉は何一つ浮かんでこなかった。

「黙ってられっかよ」

真剣に返した本田が、摑んだ腕を手繰り寄せる。痛むほどの強さではなかったが、染矢は顔を歪めた。

「放せ…！」

喚き、毟《むし》り取る勢いで施錠を外す。どうやって外に出たかはよく分からない。体ごとぶつかるように扉を開くと、本田がギアを乗り越えた。

「親父さんが、お前になんて言ったかは知らねえが…」

「黙れって言ってるだろッ」

今すぐ消えてしまいたい。

何故あんなことを、口にしてしまったのか。父との間になにがあったかなど、今まで誰にも話したことはなかった。それをどうして、こんな男に。

「他人がどう言おうが、お前は……」

「うるさい！　分かったふうな口を聞くな！　迷惑なんだッ」

叫んだ声が、内側からこの胸を引き裂いてゆく。

切開された身の内からこぼれ出るのは、鮮血でも臓器でもない。どろりと濁り、悪臭を放つ醜い自分自身だ。

「染……」

「消えてくれ……！　もう二度と顔なんか見たくない！」

焼けるように痛む眼底を、両手で押さえる。

どれだけ喚こうとも、世界はそこにあった。打ち殺しがたい自分と共に。

よろめいた染矢の体から、男の指が解ける。振り返ることもできず、染矢はアスファルトを蹴った。


「ママ、本当に大丈夫？」

気遣わしげな声が、インターフォン越しに聞こえる。重い体を引き起こし、染矢は受話器を耳に押し当てた。

床を踏む爪先の白さが、奇妙に目につく。カーテンを下ろした部屋に、真新しい光が染みていた。

「心配しないで」

そっと、首を横に振る。液晶画面を確認するまでもなく、扉の前に立つトド子の顔が曇るのが分かった。

「ちょっとでいいのよ、ママ。お願いだからドア、開けて頂戴」

心配する声に、息だけで応える。ちいさく笑った染矢にも、トド子の顔が晴れることはなかった。

「ごめんなさい。部屋、すごく汚れてるのよ」

言葉はやわらかいが、それは他人を拒絶するものだ。自分の唇からもれた響きを呪い、染矢は青褪めた瞼を閉じた。

昨日、どうやってこのマンションに帰り着いたのか。一晩経った今でも、記憶は曖昧だ。本田の車を降りたのは実家の側だったのだろうが、その後法事に顔を出すことなど考えもしなかった。父に連絡を入れることなく、タクシーに飛び乗る。

帰宅するなり、染矢はほぼ一日なにも食べていなかった胃に強い酒を流し込んだ。味など、するはずもない。仕事が休みであるのをいいことに、黙々とグラスを重ねたがそれはなんの安寧ももたらさなかった。

「それこそあたしの出番じゃない。裸メイドでお掃除しちゃうわよ？」

扉の向こうで、トド子が戯《おど》けた声を上げる。薄い背を扉に預け、染矢は控え目な気遣いに唇を噛んだ。

こんな時間にお邪魔しちゃってごめんなさい。そう言って、トド子はマンションの扉を叩いた。昨日何度か電話をもらっていたが、染矢は一度も折り返さなかった。

休みを取っていたとはいえ、染矢と連絡がつかないなど珍しい。

なにか、あったのではないか。

心配したからこそ、トド子は仕事を口実にマンションを訪れてくれたのだ。

「嬉しいわ。でもちょっと、出られるような状況じゃなくて…」

高い声を作ろうにも、疲弊した喉は低く掠れるばかりだ。

トド子には風邪を引いたと言い訳をしたが、信じたかどうかは疑わしい。顔を見せようとしない染矢に、トド子が丸い肩を落とした。

「お医者さん呼びましょうよママ。勿論コスプレしたトド子ちゃんとかじゃなくて、本物の…」

冗談を混ぜはするが、気遣わしげなトド子の声は本物だ。胸に絡みつく重さが増して、染矢は長い睫を伏せた。店の従業員であると同時に、トド子は大切な友人だ。その彼女を閉め出して、自分はなにをしているのだろう。

分かっていても、扉を開く勇気はまるでなかった。こんな顔、見せられるわけがない。

「ありがとう。でも、大丈夫だから」

深く息を吸い、出来る限り穏やかな声を出す。しかしそれはあまりに固く、ぎこちない。不器用な男が、女の口調を真似ているにすぎなかった。

「あたし……」

扉の前で、トド子が項垂《うなだ》れる。繊細なトド子がここまで食い下がるのも、染矢を気遣うが故だ。しかしこれ以上粘っても、無駄だと悟ったのだろう。暗い顔のまま、トド子がハンドバッグを抱え直した。

「風邪がひどくなるようなら、悪いけど今日も休ませてもらうわ。早めに連絡するから。本当にごめんなさい」

「ママ、働きすぎよ。ゆっくり休んで。…なにかあったらいつでも電話してね。イケメンのお医者さん、手当たり次第に誘拐してくるから」

笑おうとしたが上手くゆかず、染矢は扉の内側で瞼を閉じた。

「ありがとう。トド子ちゃん」

礼を言った染矢を気遣いながら、通話が切れる。途端に体から力が抜けて、染矢は扉伝いに崩れ落ちた。

これほど自分を気遣ってくれた友達に、一体なにをしているのだろう。

生白い自分の腕を、染矢は力なく眼前に翳《かざ》した。マニキュアを落とした指先は、手入れはされているが華やかとは呼べない。法事に出かける前の晩まで、この指には蝶が舞っていた。うつくしい紋様を持つ、揚羽蝶だ。

頼りない指越しに、黒い鏡台が目に映る。棺桶《かんおけ》を模したそれは艶《あで》やかで、過剰とも言える彫刻が施されていた。この部屋で、染矢が最も愛する家具の一つだ。

磨き上げられた鏡の前に座れば、どんな時でも心が晴れた。

生まれ、変わるのだ。自分ではない自分に。

爪を飾っていた蝶と同じように、羽根を持つ生き物になりたかった。

弁護士になれと父が狩納に告げた夜、自分は死んだのだと染矢は思った。最初から、存在しなかったのかもしれない。惨めすぎる骸《むくろ》を鎖もろとも切り捨てて、遥か遠くに逃げ出したかった。

実際逃げるように、染矢は実家を出た。しかし父に近況が伝わる近さに暮らすのは、復讐《ふくしゅう》心と無関係とは言いがたい。力なく肩を揺らし、蝶が失せた爪を額に押し当てる。

抉《えぐ》れるものならそうしたいのに、脳裏に焼きついた眼光が離れない。真っ直ぐに自分を見た、男の眼だ。

「どうして、あんなこと…」

呻く声に、女性的な響きは滲まない。

染矢の店で働く者たちは、皆多かれ少なかれ、家族や社会との間に軋轢《あつれき》を抱えていた。たとえ今が円満であっても、過去がそうであったとは限らないのだ。そうした者たちにさえ、染矢は父との過去について語ろうとは思わなかった。それなのに何故、あんな男に話してしまったのか。

「図々しくて、無神経で、押しつけがましくて……」

固く目を閉じ、込み上げるままに数え上げた。

あんな男、初めてだ。トド子のような繊細さもなければ、場の空気を読むこともしない。昨日のあの追突事故さえなければ、二度と顔を会わせることなどなかっただろう。そうであれば染矢の兄だなどと嘘をつくことも、愚かな胸の内を吐露することもなかった。

「会わなければ……」

自分の呟きに、鼻腔の奥が痛む。唇からこぼれるのは、身勝手な望みばかりだ。

無神経で図々しいあの男は、染矢になにをした。

非は染矢にあったにも拘わらず、事故の責任を負おうとした。その上、挙動不審な自分を問い質《ただ》すことなく、目的地へ送るべく尽力してくれたのだ。

「僕に、会ったから……」

嘘が露見しても、本田は染矢を責めなかった。声を上げて笑うこともなかった。その男を、自分はなんと言って罵った。

迷惑だ、と。消えて欲しいと、叫んだ自分の声音が肺に突き刺さる。

「…僕は……」

消えるべきは、自分だ。二度と顔など見たくないと、そう罵っていいのは本田の方だ。二度と。

無力な指先が、化粧の失せた頬を辿る。立ち上がって鏡台の前に座ったとしても、今更身を守る術は得られない。

もう、あの染矢はいないのだ。

「最初から、そんな奴……」

全ては、染矢の弱さが見せた幻だ。分かっているのに、凍えた目が鏡台を見上げた。無駄だと、もう無意味だと、うるさいくらいの声が胸を叩く。

だがもし。

もし、最後の願いが叶うなら、ほんのささやかな力が欲しかった。一度だけでいい。舞い上がる蝶の残像を追い、染矢はふるえる足で立ち上がった。

ひやりとした空気が、指先に絡む。

無意識に握り込んだ指は、氷のようだ。体中のどこを探っても、今はあたたかい場所など見つけられそうにない。

「失礼ですが…」

絞り出した声に、床に座り込んでいた男たちが顔を上げる。立ち上がろうとした一人が、ぽかんとして口を開いた。

無理もない。オイルの匂いが漂うこの場所に、振袖姿の自分はあまりにも不似合いだ。

足を踏み入れた工場に、華美なものはなにもなかった。大きく開いた銀色のシャッターは、鯨の口を思わせる。無骨だが機能的な工場内で、数人の男たちが働いていた。整然と機材が並ぶそこは、想像していたよりも随分と広い。

「な、なにか、ご用っすか」

我に返った様子で、帽子を被った男が立ち上がる。まじまじと注がれる視線から身を隠すことができず、染矢は身動いだ。

胸元を締めつける帯に、息ができない。真っ赤な総絞りの振袖は、染矢の気に入りの晴れ着だ。胡蝶と牡丹《ぼたん》が戯れる正絹を、今日のように重いと感じたことは一度もなかった。

入念に施した化粧も同じだ。落ち窪《くぼ》んだ目元が、いつもより退廃的な色香を染矢の美貌に添えている。それさえも居心地が悪くて、染矢は何度も口紅を拭き取った。

「本田さん、いらっしゃるかしら」

切り出した名前が、唇のなかで固く響く。慎重に作ったつもりでも、緊張に声が掠れた。

「本田兄貴すか」

応えた男たちが、顔を見合わせる。軍手をはめた男たちの何人かには、見覚えがあった。先日本田と共に、店の前で見かけた者たちだ。歯切れの悪い様子で、帽子の男が前に出た。

「失礼すけど、どんなご用件すか」

「……いらっしゃらないのなら…」

曇った染矢の声音に、男たちがはっとした様子で首を横に振る。

「や、います。いるんすけど…」

「なんつか、今日の本田さんはちょっと……」

困惑の表情で、男たちが再び顔を見合わせた。

本田は今日も、出勤しているのだ。ほっとすると同時に、緊張が喉元を塞いだ。

「体調を、崩していらっしゃるのかしら」

染矢の言葉に、一人が眉根を寄せる。

「体調っつーか、なんか様子がおかしいんすよ」

「いつもは仕事中鬼なのに、今日は怒鳴んねえし」

「怒鳴んねえけど、目つきがやべぇっつーか」

先程来からそうやって、男たちは本田の異変を話題にしていたのかもしれない。帽子の男が、真剣に首を捻った。

「近づくのはマジヤベェと思います」

「なんのご用件か分かんねえっすけど、今日は帰った方がいいっスよ」

頷いた男が、心配そうな目で染矢を見る。脅すつもりはないのだろう。純粋な困惑と忠告に、染矢は深く息を吸った。

助言に従い、今すぐに逃げ出してしまいたい。頭を下げ、礼を言って去るだけでいいのだ。誘惑が胸を叩くが、踵《きびす》を返すわけにはいかなかった。

「ありがとう。でも、どうしても今日じゃないと駄目なのよ。会わせて下さる？」

意を決した染矢の言葉に、帽子の男が唇を引き結ぶ。

「だったら仕方ねっすけど、気ィつけて下さいよ」

「気ぃつけるつっても、取って喰うような人じゃねえんすけど。ああ見えても悪い人じゃねえっか…」

言い募ろうとした一人を、隣に立つ男が肘で撲った。口より先に手が出るのは、本田も従業員も同じらしい。悪意はないのだろう。心配する従業員たちが、一様に本田を慕っているのはよく分かった。

「ご心配かけてごめんなさい。お邪魔します」

深く頭を下げ、広い工場を奥へと進む。

車が並ぶ工場内は、意外なほど雑然とした印象がない。開かれたシャッターの脇に、一台の車が停められていた。

「本田さん！」

染矢が制する間もなく、案内してくれた男が声を上げる。扉が外された車の脇に、作業着姿の背中があった。投げられた声に、額にタオルを巻いた男が振り返る。

「……っ…」

ぎくりと、それだけで手足が強張《こわば》った。

案内してくれた従業員が去っても、礼を言うことができない。汚れたコンクリートの床に立ち、染矢は自分を映す双眸を見た。

「あ…、あの……」

なんなんだ。この歯切れの悪さは。

頭が真っ白になって、言葉という言葉が失せてゆく。今自分がここに立つ、その理由さえ忘れてしまいそうだ。

がり、と膝先で工具箱を押し退け、男が体ごとこちらへ向き直った。剣呑な眼が、振袖姿の自分を捉える。刃物の切っ先で撫でてでもするように、男の眼が鮮やかな晴れ着を辿った。

「…ごめんなさい。仕事先にまで、押しかけて来ちゃって」

押し出した声が、他人のもののように響く。

女性的な抑揚を纏う声も、華美な衣装も、自分の体の一部だと信じてきた。そうだと錯覚できた瞬間も、たくさんあったはずだ。だが今は違う。

どれだけ入念に化粧を施そうと、うつくしい着物で飾ろうと、取るに足らない自分自身を取り繕うことはできない。

もう一度。

もう一度だけ変身できたら。

祈る気持ちで袖を通したが、この体の全てがちぐはぐな借り物のようだ。

「でも…、謝りたくて」

言葉を探せば探すほど、舌が固く縺《もつ》れた。この感覚には、覚えがある。暗い目をした自分は、いつだってそうだった。ふるえそうになる指を、握り締める。晴れ着と同じ色に塗られた爪には、黒い羽根を広げる蝶が描かれていた。

「ごめんなさい。嘘をついた上に、迷惑だなんて言って…」

懸命に絞り出す言葉は、どれも針のように固く自らの舌を刺す。だが、これだけは声にしなければならない。逸らすことなく注がれる本田の視線に、染矢は喘ぐように息を継いだ。射るように自分を見る男は、一言も口を開かない。当然だ。竦みそうになる足を踏み締めて、染矢は深く頭を下げた。

「私のせいでぶつかったのに、車まで移動してくれてありがとう。今から業者を呼ぶから……」

言葉の終わりを待たず、黒い影が動く。

ゆらりと立ち上がった本田に、染矢は息を詰めた。

怒鳴りつけるのか。身構えた染矢に、逞しい腕が伸びた。

「っ…」

今度こそ、殴られても不思議はない。覚悟を決めた染矢に反し、男の腕が赤い襟を摑んだ。

引き摺られ、足元が縺れる。殴る程度では、収まらないのか。転がるように進んだコンクリートの上で、押し下げられた体がくの字に折れた。

「…な…！」

痛みの代わりに、冷たさが後頭部を打つ。壁際に追い立てられ、染矢は前屈みに崩れた。

「冷た…」

水だ。

大きく開かれた蛇口から、大量の水が頭へと注ぐ。限界まで開かれた栓が、きいきいと不快な金属音を立てた。

「……っ…」

もがいた体から、襟を摑む力が失せる。溺れそうな水の渦《うず》のなかから、染矢は倒れるように床へ逃れた。

視界が、曇る。ぬれた睫を上下させても、すぐには現実を呑み込むことができなかった。

「なに…を……」

水を吸った正絹が、ずっしりと肩に貼りつく。髪に触れてみるが、入念に整えたはずの鬘《ウィッグ》は失せていた。右の草履も脱げ、頬にマスカラを滲ませる姿は裸でいるより惨めだ。茫然と瞬いた染矢の顔へ、冷たい塊がぶつかった。

「わ……」

「なんで隠してやがんだ」

ホースから放たれた水が、頭に注ぐ。背けた視線の先に、自分を見る本田の姿があった。

「いい面《つら》だぜ、こっちも」

ホースを手にした本田が、座り込む染矢を見下ろしてくる。

「こっち向けよ。もっとキレイにしてやるぜ？」

口を開くこともできない染矢に、男が尚もホースを突き出した。あふれる水が、じょろじょろと黒髪をぬらす。

これは、どんな仕打ちだ。蝶が舞う指先が、こまかくふるえる。無駄だと知っていても、秘匿したいと願うものくらい、誰にでもあるはずだ。胸を喘がせた染矢に、本田が深く膝を折った。

「嫌なのかよ。そんなに蝶ってやつじゃねえと駄目なのか？」

水浸しになった指先が、ぴくりと揺れる。

どれだけ色鮮やかな晴れ着を身に着けていようと、こうなってしまえば蝶どころではない。借り物の羽根を毟られれば、露見するのは醜い蛹のまま地上に貼りつく自分自身だけだ。

「いいじゃねえか、蝶じゃなくても」

き、と金属を軋ませ、男が蛇口を閉める。細い肩をふるわせた染矢から、本田がようやくホースを逸らせた。男の声音は、やさしくさえある。

「芋虫だってよ」

息が、詰まった。

今、なんと言ったこの男は。

確かめる気など、毛頭ない。重くなった袂《たもと》を揺らし、染矢は両腕で本田を摑んだ。

「芋虫じゃない、蛹だ蛹！　殺すぞこのヤンキー！」

力任せに襟首を締め、全身で揺さぶる。蛹のまま朽ちる苦痛だって、染矢には耐えがたい。それ以上に地を這う芋虫と同等と言われ、許せるはずがなかった。

「上等だろうが。そのうち蛾《が》にくれぇはなれんじゃねぇの」

染矢の力など意に介さず、本田が笑う。

「蛾じゃない、蝶だッ！　さっきから聞いてれば適当なことばっかり言いやがって…！」

叫び、染矢は指が白くなるほど本田の襟を握り締めた。

「嫌がらせのつもりなら、はっきり言えばいいだろう！　遠回しに莫迦にする必要なんかないんだよッ」

本田が空気を読まない男であることは、十分に分かっている。だがこの暴言は、それ故に出たものではない。意図的に自分を傷つけたいのなら、こんな回りくどい手段など必要ないのだ。

声を張り上げた染矢に、本田の体が揺れる。まだ、笑うつもりか。吹き出した男に気づき、染矢は眦を吊り上げた。

「この…っ」

「な？　いいかんじじゃねえか」

染矢を見返した男が、にやりと唇の端を吊り上げる。満足そうなその口元に、染矢が眉間を歪めた。

「調子出てきただろ。やっぱお前はこうじゃねえと」

水をしたたらせる染矢を、本田が無遠慮に見回す。

「調子って…」

「蝶だろうが蛾だろうが、どうだっていいじゃねえか。もう十分、変われてるだろ？」

襟を締め上げる腕を払うことなく、本田が笑った。

変われている。

その言葉は長く、染矢が自分自身に言い聞かせてきたものだ。同時に、全てが幻想であったことを思い知らされた言葉でもある。

「別に、今のは……」

「お前がどうして、そこまで元の自分を嫌うのかは分かんねえけどよ、そいつを無理に消す必要があんのか？」

「っ…」

ホースを放った腕を、本田が持ち上げる。頬に伝ったマスカラを、男の指が無造作に拭った。

「俺は両方アリだと思うぜ。元のお前がいねえと、今のお前もいねえわけだし。今のお前がいなくなったからって、元のお前とそっくり同じままなんてわけもねえだろ」

今の自分とは水浸しにされ、化粧も剝げたこの自分か。喚こうとして、染矢は声が出ない己に気がついた。

なんだ、その論理は。

反論の余地は、幾らでもある。それにも関わらず、本田の確信はどこからくるのだ。

立ち上がれず、染矢は冷たいコンクリートの上で瞬いた。

男が言う通り、自分自身と過去とを切り離すことはできない。殺したつもりでいても、鏡のなかに暗い目をした自分を見つけるたび、苦しくて叫びたくなった。それはどんな瞬間でも、全てが自分の一部だからだ。

それを肯定しろと、この男は言う。当たり前のように。

「なに…言って……」

絞り出した声が、無防備にふるえる。鼻腔の奥を痛みが刺して、泣き声みたいに声が揺れた。

「本当のことだろ。間違いねえ。俺がアリってんだから、絶対アリだ。俺ァ、人を見る目には自信あるからよ」

からりと笑う男に、鼻腔の痛みが酷くなる。

だからその確信は、どこからくるのだ。罵りの言葉が込み上げるままに、染矢は両の掌で顔を覆った。声を上げて、泣いてしまいたい。

「おい、染…」

「なに言ってんだ。節穴のくせに」

覗き込んできた男を、左腕で押し返す。

顔を上げると、肺の奥でなにかが弾けた。花が開くように、心底からの笑みに唇が解ける。

本当に、勝手な男だ。土足で他人の領域に入り込み、あれこれと世話を焼く。その上で理屈もなにもなく、自分の論理を押し通すのだ。それが正論だから、余計に腹が立つ。

なんて身勝手で図々しく、そして笑わずにいられないほど、最高な男なのだろう。

「節穴ってテメェ」

唇を尖らせた本田が、肩を揺らす染矢に言葉を呑み込む。笑みを深くし、染矢はぬれた髪を掻き上げた。

「知ってる？　蝶って成長するたびに、形だけじゃなくて体の構造全部、新しいものに変わるんだ」

眼前に翳した指先で、うつくしい羽根を持つ蝶が揺れる。愛想とは無縁な男の眼光を、染矢は正面から見返した。

「やっぱり、元の僕なんかもういない」

静かな声音に、本田の双眸が鋭さを増す。男が口を開く前に、染矢は重くぬれた体を引き起こした。

「さっきまでの染矢も、もういない」

確かめるように、呟く。

完璧な化粧で飾ったところで、もう以前と同じ染矢になれる気はしなかった。だがその感情と、今胸に灯る感覚とは少し違う。この背中に、望んだ通りの羽根はない。そうだとしても、空を飛ぶのと同じ自由が体を満たした。

「蝶と同じだよ。新しい…強い自分に、なれた気がする」

もしかしたら、それさえも錯覚かもしれない。だが確かにこの手が握る晴れやかさは、本物だった。眩しいものを見るように、本田の双眸が歪む。それが可笑しくて、染矢は笑みを深くした。

「ありがとう。あんたのお陰だ」

笑った目元に一粒、涙が滲む。きっと、笑いすぎたせいだ。自分自身に言い聞かせ、染矢は本田へ一歩を踏み出した。

「っ…」

ちいさく、男が息を呑む。

構わず、染矢は唇で本田の頬に触れた。日に焼けた頬は、二日前に触れたものと同じだ。やわらかく唇を押し当てると、オイルの匂いが鼻先を掠める。

「今のは、あの染矢から」

軽やかに笑って、手を振った。じゃあ、と声を投げ、コンクリートの床から草履を拾う。扉へ向かおうとした腕を、大きな掌が摑んだ。

「本……」

驚き振り返った視界に、自分を見る男の眼が映る。抉られそうに強い眼光が、瞬きもせずに自分を映した。

沈み込むように、男の腕がぬれた体を引き寄せる。声を上げる間もなく、唇を口で塞がれた。

「…あ…」

重なった唇は、少し荒れている。だが決して、乱暴ではない。意外な熱とやわらかさに、染矢は長い睫を揺らした。

ふるえが、背中を包む。首筋にまで痺れが広がる前に、染矢は力任せに男を殴りつけた。

「ぐ…っ…」

夢中になって摑んだそれは、金属製のスパナだったらしい。加減なく殴ると、本田が低い声を上げてよろめいた。

「なに調子こいてるんだ、このヤンキー！」

「一気に強くなりすぎだろオイ」

殴られた頭をさすり、本田が呻く。しかし同情心は湧いてこない。熱を持った唇を拭い、染矢は手のなかのスパナを握り直した。

「言っただろ。生まれ変わったんだ」

それはどこまでが真実で、どこからが虚勢かは分からない。その境界を、明確にする必要はないのだ。たとえまだそこに辿り着けていないとしても、歩むことも羽ばたくことも止めない限り。

「じゃ、僕は帰る。店開ける前に、化粧も直さないといけないし」

爪に舞う蝶を、染矢は指先で撫でた。

あの鏡台の前に座り、もう一度身繕いをし直そう。マンションを出た時は、この着物に袖を通すのも口紅を引くのも、これが最後だと信じていた。

だが自分には、まだ成すべきことがある。顔を作り直して、店を開けるのだ。泣いて全てを手放すより、この日常を摑む強さが今の自分にはあるはずだ。

「店、開けるのか」

驚いたように、本田が眼を瞠る。

「当たり前だろ。じゃあ、これで」

「待て！　送る」

タオルを毟り取った本田が、後を追った。手のなかの金属を見下ろし、染矢が首を横に振る。

「いらない。あんたの車には、二度と乗らないし」

思い出すまでもなく、真っ青な車体が瞼の裏に蘇った。どんな状況であったにせよ、あの車に二度も乗ってしまった自分はやはり正気でなかったのだ。

「ンだと？　送るつってんだろ」

「いらないって。あんたも仕事中だろ？」

きっぱりと首を振った染矢が、でも、と足を止める。

「でも、仕事帰りに店に寄ることがあれば…」

ここを出れば、もう二度と偶然の出会いなど起こり得ないだろう。それこそが、必然なのかもしれない。だがもし、本田が自分を訪ねて来るというのなら、話は別だ。

「僕のおごりで、飲ませてやってもいい」

来てくれと、そう言えない自分の弱さには目を瞑りたい。素直ではないのも、偽りのない今の自分なのだ。

「行く。絶対ェ行く」

即座に応えた男が、逸らすことなく染矢を見る。微かに赤らんだ頬を見咎められるのが嫌で、染矢は本田に背を向けた。

「俺も、気合い入れてお前の車、修理させてもらうぜ」

請け合った男が、染矢を追って床を蹴る。肩を並べた本田に、染矢は形のよい眉をひそめた。

「車……！　そうだ。忘れてた」

今日は本田に謝罪をして、預けた車を引き取るつもりでいたのだ。

「任せとけ。バリバリに走れるようカスタムしてやっから」

「遠慮しとく。ヤンキーじゃないし、僕」

胸を叩いた男に、染矢が真顔で首を横に振る。唇からこぼれるのは、装うことのない声だ。そのたびに、手足が軽くなる。たとえこの背に羽根がなくとも、ほんの少し爪先が浮き上がる心地がした。

「どっちが節穴だ。足回りのいい車以上にサイコーなもんがこの世にあるかってんだ」

「言ってろ。ヤンキー」

もう一度頭を殴らなかったのは、染矢の温情だ。銀のスパナで鳩尾《みぞおち》を小突き、染矢は声を上げて笑った。

つきあいきれない

「で。どうなってるの？」

「そ。どうなってるの？」

腹に響く重低音が、左右から問う。ゆったりとしたソファに体を預け、染矢薫子《そめやかおるこ》は細い腕を組んだ。

「どうって？」

問い返した声は、やわらかな低さを帯びている。甘すぎない声音に、ぐっと黒い影が身を乗り出した。

「だからママと王子様との関係よォ！」

たぷつく腹の肉を揺らし、おかっぱ頭の男が吠《ほ》える。青々とした髭《ひげ》の剃《そ》り跡をファンデーションで隠し、ブル子と名乗る従業員もまた顔を突き出した。どちらも染矢が経営するオカマバーで働く、主戦力だ。

「王子って誰が」

怜悧《れいり》な双眸《そうぼう》を瞬かせ、染矢が大柄な二人を見返す。腹と同じだけ豊満な胸を揺らし、トド子と名乗るオカマが身悶《みもだ》えた。

「本田《ほんだ》ちゃんに決まってるじゃない！　ガテンの国の王子様！」

「ガテンの国じゃなくて、ヤンキーの国の走り屋の間違いじゃない？」

形のよい眉を歪《ゆが》め、染矢が短い息を吐く。

「どっちだっていいのそんなこと！　あの逞《たくま》しい腕！　胸板！　男らしい筋肉…ッ」

「ああっ、涎《よだれ》が…ッ」

いきり立つ鼻息が、左右から吐き出された。爛々《らんらん》と光る目で凝視され、染矢が腕の時計に視線を落とす。

「開店時間が迫ってるわよ、二人とも」

冷淡な響きにさえ、二人の勢いが衰えることはない。筋骨逞しい腿《もも》をぴっちりとした赤いミニスカートに包み、ブル子が身をくねらせた。今夜のブル子は、頭に赤い頭巾《ずきん》まで被っている。籠を抱えた彼女は、狼より怖い赤ずきんだ。

「お願いママ、少しだけ。ね、どうだったの？　テクニックより体力勝負の野獣プレイだったの!?　あっちの方もガチガチだったわけ!?」

重低音が、官能的な響きを帯びる。分厚い唇を突き出され、周囲を取り囲んでいた他の従業員たちからもどよめきが上がった。

「……本当はこういうことはあんまり言いたくないんだけど、仕方ないわね…」

溜《た》め息を絞った染矢が、声を落とす。目を輝かせた二人が、巨体を押しつけ合うように身を乗り出した。

「ママのこと、たっぷり満足させられるだけのチ…男だったわけ!?」

叫んだ二人を、染矢が涼しげな双眸で見返す。

「休憩時間超過してるから、今日は二人ともサービス残業で頑張って頂戴」

にっこり笑った染矢に、歓声が悲鳴に変わった。

「ちょ…、ひっどいママ！　いいじゃない、恋バナくらい！」

「恋バナじゃなくて下ネタでしょ。準備は終わったの？　まだなら仕事に戻んなさい」

食い下がる二人に、染矢が白い手を振る。ソファから立ち上がった染矢の手元で、携帯電話が軽やかな音を立てた。

「気になって客のお酒がぶ飲みしちゃいそうよ、ママ！」

「あら売り上げに貢献してくれてありがとう。何度も言うけど、本田さんとはなんでもないの。私たちはいいお友達」

迷いなく応えた染矢に、批難と落胆の声が上がる。手を叩いて解散を促し、染矢は携帯電話に目を落とした。

染矢が経営するのは、新宿《しんじゅく》の地階に位置するオカマバーだ。自然光が届かない店内を、大きなシャンデリアが照らし出している。今夜は古風な館を思わせる燭台《しょくだい》が、全てのテーブルに並べられていた。秘密の館に集うのは、童話の登場人物たちだ。籐《とう》の籠に携帯電話を放り込み、染矢はソファから立ち上がった。

「ママ、お出かけ？　なにか足りないものあります？」

裏口へ向かった染矢に、硝子の靴を履いた従業員が首を傾《かし》げる。ちいさく手を振り、染矢は非常階段を上がった。

「すぐ戻るわ。もし時間になったら、お店開けて頂戴」

高い踵《かかと》を鳴らし、階段を踏む。日没をすぎた街を染めるのは、極彩色の電飾の明かりだ。見慣れた新宿の街は、いつもと同じ顔をしている。

アスファルトで塗り固められた通りに、黒い影が座り込んでいた。大きく開いた膝に肘を乗せる姿は、こんな街にあっても行儀がいいとは言いがたい。

高い足音に気づき、大きな背中が動く。のっそりと立ち上がった男を、染矢は視線で追った。

「すまねえな。開店前に」

ぎらつく眼が、自分を振り返る。

何度向き合っても、ぎょっとする眼だ。吸っていた煙草を揉《も》み消し、本田宗一郎《そういちろう》が体ごと向き直った。

作業着姿の本田は、大抵額にタオルを巻いている。しかし私服を身に着けた今は、長目の黒髪が双眸の上に落ちていた。それはそれで、目つきの険しさが際立つようだ。

「なんだよ、急にメールなんかしてきて」

飾り気のない声が、染矢の唇からこぼれる。

装《よそお》うことのない、やわらかな響きだ。女性的な抑揚を削《そ》いだ声は、ともすればぞんざいな印象がある。しかし本田は気にした様子もなく染矢を見た。

同じように、道を行く幾つかの目が染矢を振り返る。引き摺《ず》るほどに長いドレスを身に着けた染矢は、恐ろしくもうつくしい魔女だ。高い襟元に飾られたレースも、両手の爪も全てが黒で彩られている。ただドレスの裾に隠された靴と、籠に盛られた林檎《りんご》だけが毒々しく赤い。白雪姫を毒殺しようと狙う魔女は、同時に豪華な女王でもある。

「……運転は無理そうな服だな」

頭の先から爪先までを眺め回し、本田が呻《うめ》いた。この男の脳は、全てを車に結びつけるらしい。

「僕はハイヒール履いてても、車に乗るけどね」

真っ赤な靴を見下ろし、染矢が肩を竦《すく》めた。

女の形《なり》をしていても、僕、という言葉が口を突いて出る。ほとんど事故のような成り行きで、染矢はこの男に素顔を晒《さら》した。それだけでも耐えがたいが、つまらない身の上話をした挙げ句、自分は感情のままに本田を罵った。消せるものなら消し去りたいが、全て現実だ。

言い訳のしようがないにも拘《かか》わらず、本田は染矢の謝罪を受け入れた。男には、染矢を許す必要もその義理もなかったはずだ。しかし自分の誘いを断ることなく、その後も本田はこの店を訪れた。

「それよりなにかあったのか？　まだ準備中だけど、少し寄って行ったら」

籐の籠を腕に提げ、染矢が促す。

店を訪れるなら飲ませてやると、染矢は本田に約束をした。しかし実際に男がここを再訪した時、染矢は内心驚いた。

誘われたからと言って、本田はオカマと遊ぶような男ではないのだ。気を遣ってまで店に足を運んだり、空気を読むような人間でもない。反対に、ただ酒だけを期待して訪れているとも思えなかった。

店を訪れるたび、本田は頑《かたく》なに会計を要求した。

多少方向性がずれてはいるが、真面目な男なのだろう。久芳《くば》が持て余すのも分からなくはないが、本田は竹を割ったようにさっぱりとした、気質のいい男だった。

「いや。時間は取らせねえ」

「どうかしたのか?」

レースに包まれた首を傾げ、染矢が尋ねる。

本田と寝たのかと、そう言った従業員たちの問いが耳に蘇った。

なんと無粋で、愚かな問いだ。そんなこと、あるはずがない。本田に向ける親愛は、色事とはまるで無関係なものだ。それは極めて親しい、友人に対する愛着だった。

「お前に話があるんだ。…何度も店に押しかけて悪かったな」

低くなった本田の声音に、染矢の眉が揺れる。

心楽しい話題を切り出すのではないのだろう。そうだとすれば、内容は想像がつく。落胆を表に出すことなく、染矢は切れ長な双眸を瞬かせた。

「来いって言ったのは僕だし」

応える声の気安さは、客に向けるものとは異なる。それがつい居心地よくて、店に来てくれと何度も誘ってしまった。

しかしそんなもの、本田にとっては迷惑だったのだろう。やはりこの街は、本田には不向きなのだ。

次に投げられる言葉を予見して、染矢は細い肩を竦めた。

「ごめん、しつこく誘って。でもあんたが来てくれたお陰で、店の子たちも本当に喜んでた。また気が向いたら、そのうち顔出して」

わざわざ断りなど入れなくても、足が遠退《の》けば染矢にも分かる。それだけで十分なのに、こんな時まで本田は生真面目だ。軽く手を振って別れようとした染矢に、逞しい腕が伸びた。

「本…」

「運命つか、宿命つか。初めて会った時から、ビシバシ感じまくってたわけだけどよ」

呻くようにもらした男が、染矢の瞳を覗《のぞ》き込む。金属の刃を差し込まれたように、ぐっと喉の奥で息が潰《つぶ》れた。

「なに…を…？」

「お前のことが好きだ。つき合ってくれ、染矢」

掠《かす》れた声が、はっきりと告げる。聞き間違えようなど、ない距離だ。

「………は？」

むしろ問い返した自分の声こそが、不明瞭に響く。ぽかんと口を開き、染矢は自分を凝視する男を見返した。

「俺とつき合…」

「待て…！　どこで事故ったんだ!?　脳でもやられたのか？」

同じ言葉を繰り返そうとした本田に、染矢が眦《まなじり》を吊《つ》り上げる。やはり聞き間違いなどではないらしい。つき合えと、それは車に同乗したり、酒に同席することを意味するものではないだろう。分かりきったことだが、この唐突さはまるで理解ができない。

茫然《ぼうぜん》とする染矢に、本田が首を横に振った。

「事故るようなヘマはしねえ。バリバリに正常だ。だから俺とつき合…」

「どこが正常だこのポンコツ！　異常に決まってるだろ、男同士だぞ!?」

たとえこの街であっても、男同士の関係が全てにおいて肯定されるとは思わない。目の前の男に限定するならば尚更だ。叫んだ染矢の訴えを、どこまで理解できているのか。表情一つ変えることなく、本田が頷《うなず》いた。

「分かってる」

「分かってるもんか！　こんな格好してるから、なんか誤解してるんだろうお前」

レースと真珠で護られた胸を、染矢が手で示す。一分の隙《すき》もなく化粧を施《ほどこ》した染矢の美貌は、一見して男と看破するのは難しい。いくら素顔を知っているとはいえ、女の姿をして会っていると感覚が麻痺《まひ》するのか。なんと言っても、最初は自分を女と信じきり求愛してきた男だ。

「誤解なんかしてねえ。俺はお前を…」

「僕とあんたは友達！　しかも男同士。男友達はつき合ったりなんかしない。以上！　だからこの話はもう終わりだ」

言葉の続きを聞きたくなくて、染矢が固い声で切り捨てる。

「待てよ」

「待たない。もう店開ける時間だから」

踵《きびす》を返そうとした染矢に、本田がもう一度腕を伸ばした。触れられた肘先から、ぴりりとした痺れが指先へと走る。眉間を歪め、染矢はその腕を振り払った。

「染矢！」

名を呼ぶ声の大きさに、道を行く人が振り返る。だが足を止めることなく、染矢は靴音と共に階段を駆け降りた。


「…大丈夫ですか？　染矢さん」

澄んだ声音が、そっと問う。我に返り、染矢は手にしたティーカップを見下ろした。

「ごめんなさい綾《あや》ちゃん。ちょっと昨夜、お客のお酒飲みすぎたみたい」

形のよい唇に笑みを浮かべ、染矢が熱い紅茶を含む。

気持ちのよい午後だ。大きな窓の向こう側に、青く高い空が広がっている。自分の胸の内とは、まるで正反対の色だ。

「飲みすぎるなんて、染矢さんでもそんなこと、あるんですか」

ティーポットを手にした綾瀬雪弥《あやせゆきや》が、琥珀《こはく》色の目を瞠《みは》る。両腕で引き寄せて、抱き潰してやりたくなるような目だ。実際にそうしたところで、綾瀬は満足な抵抗などできないだろう。やわらかそうな少年の髪が、窓から入る日差しを浴びて輝く。ここが金融業者が所有するマンションであることを、忘れてしまいそうな光景だ。しかし綾瀬自身が狩納《かのう》北《そむく》の持ち物であることを思うと、理に適《かな》った光景なのかもしれない。溜め息を押し殺し、染矢はカップ越しに少年を見た。

「綾ちゃん。涎」

短い指摘に、綾瀬がはっと口元を庇《かば》う。ごしごしと唇を拭う様子を眺《なが》め、染矢は紅茶を啜った。

「冗談よ。未成年がお酒って聞いて、そんな顔しちゃ駄目じゃない」

「そ、そんな顔って…」

まだ口元をこすりながら、綾瀬が顔を赤くする。

なんという分かりやすさだろう。なにかを隠すなど、この少年には不可能なのだ。こんな無防備さで、どうして狩納と生活を共にできるのか、染矢には全く理解ができなかった。

相手があの冷血な金融屋でなくとも、こんなふうに生きていくのは恐ろしくないのか。化粧を落とすことさえ躊躇する自分には、想像もつかないことだ。

「だから、こんな顔よ」

にっこり笑い、白い頬に手を伸ばす。きれいにマニキュアが塗られた指で頬骨に触れると、綾瀬が驚いたように体を弾ませた。

「飲みたくなったらいつでもお店に来て。サービスするから」

「えっ……」

サービスという言葉に、綾瀬の瞳が恥ずかしそうに揺れる。控え目な期待が可愛くて、齧《かじ》ってやりたくなる。だが全ては色っぽい期待などではなく、あくまで飲酒に対する関心なのだろう。

「未成年にできる範囲でだけど」

片目を瞑《つむ》って見せた染矢に、綾瀬の頬がいっそう赤くなった。

綾瀬を手元に置く狩納と染矢とは、幼馴染《おさなじ》み と呼べる間柄だ。尤《もっと》も、その言葉から連想される甘さや親密さは、自分たちには見当たらない。それにも拘わらず、狩納は綾瀬の様子を覗きに来るよう、染矢に依頼してきた。

あの狩納が自分に頼み事をするなど、青天の霹靂《へきれき》だ。狩納に恩が売れる機会を、逃す手はない。最初はそんな下心と好奇心からマンションを訪れたが、今は催促などされなくても、染矢はここに顔を出した。

偏《ひとえ》に、綾瀬の顔が見たいからだ。おっとりした少年は、染矢にとっても愛しく目新しい生き物だった。

「でもお店、忙しいんですよね。今日の染矢さん、本当に疲れてるみたいだし…」

顔を赤くしたまま、綾瀬が琥珀色の目で染矢を見上げた。真っ直ぐに注がれる視線は、特別強い輝きを持つわけではない。それにも拘わらず、不思議と逸《そ》らしがたい光があった。

「そんなに酷い顔してる？　私」

物理的な力を伴い、ぐっと鼓動が跳ねる。だがそれを表情に出さない術《すべ》を、染矢はよく心得ていた。大袈裟《おおげさ》に瞬いてみせた染矢を、綾瀬がじっと見詰める。

昨夜、染矢が客の酒を飲みまくったのは事実だ。しかし体調を崩すほどではない。むしろ染矢の胸を暗澹《あんたん》とさせるのは、別の問題だった。

昨日、開店前の店先でなにがあったのか。それは従業員たちは勿論《もちろん》、誰にも話したくない出来事だった。

「酷いなんて、そんなことありません。でも……」

一心に見上げてくる瞳は、覗き込めばその奥の奥まで見渡せてしまいそうだ。言葉を探した綾瀬を、不意に低い唸《うな》りが遮る。染矢のハンドバッグに収められた携帯電話が、着信を告げたのだ。

「あ…」

「ごめんなさい。気にしないで」

ハンドバッグに手を伸ばすこともせず、染矢が首を横に振る。

なんて、間の悪い。

昨夜からずっと、染矢は同じ音に悩まされていた。同時に、電源を落とせないでいる自分にもうんざりする。

「大丈夫なんですか…？」

「あとで折り返すから平気よ。私、綾ちゃんを心配させてばかりね。でも大丈夫。私、忙しいくらいが丁度いいの。閑古鳥なんかに鳴かれたら、それこそ病気になっちゃう」

にっこりと笑った染矢に、綾瀬が白い指を握り締めた。

「でも過労って本当によくないですよ。俺、この前交通事故の現場を見たんですけど…」

思いがけない言葉に、ぴくりと染矢の睫《まつげ》が揺れる。交通事故、と。それは今、染矢が最も聞きたくない言葉の一つだ。

「……事故？」

「そうなんです。久芳さんと、買い物に出た時に、結構この近くで。ぶつかった瞬間は見てないんですが」

声を落とした綾瀬に、今度こそ心臓の裏側が冷える心地がした。

十日ほど前、染矢は新宿の路上で事故を起こした。

この詳細についてもまた、染矢は誰にも語っていない。車を修理に出している都合上、事故に遭ったことだけは従業員たちも知っている。しかし目の前の少年は、あの瞬間間違いなく同じ路上に立っていた。

寸前のところで視線を躱《かわ》したつもりだったが、もしかして綾瀬の目は自分を捉えていたのか。あり得ないとは、断言できない。見られて、いたのだ。男の服を着た自分の姿を。

「……聞いて、綾ちゃん。なにを見たか知らないけど、世のなかには同じ顔をした人間が…」

「きっと事故を起こした人たちも、過労だったんだと思うんです」

歯切れ悪く切り出した染矢に、綾瀬の声が重なる。はっとしたように、少年が大粒の目を瞬かせた。

「す、すみません、同じ…なんでしたっけ？」

自分が遮ってしまった染矢の言葉に、綾瀬が首を傾げる。

事故を起こした人たち。

綾瀬は、そう口にした。あの場にいたのが自分だと知っていたら、そんな物言いはしないはずだ。

やはり、なにも見ていないのか。疑念とそれ以上の安堵《あんど》とが込み上げ、染矢は崩れそうになる体を支えた。

「いやね、過労で事故だなんて。…その人たちも、きっと自分たちが事故を起こすなんて、思わなかったでしょうに」

「久芳さんが、脇見か居眠り運転が事故原因じゃないか、って」

久芳とは、染矢もよく知る男だ。鏡で写し取ったようによく似た一卵性双生児で、あろうことか兄弟揃って狩納の事務所で働いていた。それだけで十分尋常ではないが、その上本田を自分に紹介したのもこの久芳だった。果たしてあの時、路上で綾瀬に同行していたのは兄と弟、どちらだったのか。どちらにせよ、久芳に自分を助ける意図があったとは思えない。綾瀬に騒がれるのが面倒で、適当な言葉を吹き込んで誤魔化したのだろう。理由はなんであれ、今回だけは人情味のない双子を褒めてやりたかった。

「本当に怖いですよね、交通事故なんて」

「そうね、怖いわね」

心にもない言葉が、するりと唇を越える。染矢があの事故の当事者だと知ったら、目の前の少年はどんな顔をするだろう。むしろ本当に怖いのは、そちらの方だ。

「染矢さんが、事故起こすなんて思いませんけど、でもやっぱりなにがあるか分かりませんから。そんなことになったら、お店の皆さんもご家族も、俺も…本当に辛いですし」

だから、無理をしないで下さいね。そう気遣う綾瀬の声は、社交辞令とは無縁のものだ。

「ありがとう、でも私、結構頑丈なのよ。ブル子ちゃんたちほどじゃないのは、残念だけど」

筋骨隆々な従業員は、頑健さでは車にも勝るかもしれない。思い返すと腹が立つが、先日路上で事故を起こした愛車は、いまだに染矢の手元には戻っていなかった。

事故そのものも災難だったが、実家での用件を果たせなかったのもまた痛手だ。事情を説明するのも、父親の怒鳴り声を聞くのも嫌で、結局あの日以来実家には連絡を入れていない。当然父親は怒っているだろうが、法事が終わった今となっては諦めてもいるのだろう。直後はうるさいほど着信があったが、ここ数日はそれも途絶えていた。

何故、こんなことになったのか。

ねじ伏せようにも、昨夜から繰り返し蘇るのは路地裏での光景だ。追突事故に続き、昨夜染矢を見舞った告白は災厄でしかない。聞きたくなかった。あんな言葉、絶対に。眉間《みけん》を歪めた染矢を、心配気な瞳が見詰めた。

「でも、もし俺にお手伝いできることがあれば、どんなことでも言って下さいね。…悩み事の相談とか」

思い出したようにつけ足され、不覚にも左の胸が軋《きし》みそうになる。

果たして一体、どんな悩み事を。

昨夜一晩同じ職場で働いていた従業員たちでさえ、染矢の異変に気づく者はいなかった。化粧を施した自分は、誰よりも狡猾《こうかつ》で嘘《うそ》つきなのだ。他人だけでなく、自分を騙《だま》す術にさえ長《た》けている。それにも拘わらず、この飾り物のようにきれいな目は、時として全てを射抜くように瞬いた。

「…ありがとう、綾ちゃん。取り敢《あ》えず安全運転に努めるわ」

心からの感謝を込めて、染矢が笑みを浮かべる。

可能ならば、何週間か前の自分にその言葉を贈ってやりたかった。あの時もう少し注意してハンドルを握っていれば、こんなことにはならなかったはずだ。

「運転が、いい気分転換になるといいんですけどね。でも疲れてなくても、格好いい車とか見かけたら、注意力散漫になっちゃいそうですけど」

「格好いい車？」

ティーカップに目を落とした綾瀬が、何事かを思い出したように頬を染める。

「…不謹慎なんですけど、その事故現場で見た車、すごく格好よかったんですよ」

それはもしかして、自分の愛車のことか。

深緑色をした自らの愛車に、染矢は綾瀬を乗せた経験がない。そんなこと、どうせ狩納が許さないのだ。しかし今回は、狩納の過保護さが吉と出た。尤も綾瀬が染矢の車の車種を知っていたとしても、事故を起こしたものが即座に染矢の愛車だと断言するのは難しいはずだ。

「そんなに綾ちゃん好みの車だったの？」

「染矢さんも絶対気に入りますよ…！　あんなすごい車、初めて見ました」

やわらかな声音に、いつにない興奮が宿る。熱っぽく訴えた綾瀬に、染矢は形のよい眉を吊り上げた。

「………すごい車…？」

「はい…！　青い車体に、炎のペイントがあって……」

琥珀色の目が、きらきらと瞬く。記憶を手繰り寄せるまでもなく、あの場にいた青い車など一台しかない。むしろこの世で一台きりでなくては困る。狂気のように青い車は、言うまでもなく染矢の愛車ではあり得なかった。

「……どういうセンスしてるの綾ちゃん」

思わずもれた唸りを、単調な音が掻き消す。着信を知らせた携帯電話に、染矢ははっと我に返った。

「染矢さん、電話が…」

「いいのよ、それより……」

携帯電話などよりも、まずはその目が正常か確かめるべく眼科に行くべきだ。喉元に迫《せ》り上がった言葉を、染矢は喘《あえ》ぎながら呑《の》み込んだ。人間は皆、ないもの強請《ねだ》りなのだ。自分が持ち合わせないものに憧れる。綾瀬があの下品で粗暴で悪趣味極まりない車に惹かれるのも、そうした心理からか。自分を納得させようにも、顳顬《こめかみ》の痛みは薄れそうになかった。

「…ごめんなさい。やっぱり今日はなにかとうるさいみたいだから、これで退散するわ」

断りを入れ、染矢がソファから立ち上がる。だが携帯電話を取り出し、発信者を確かめたいとは思えなかった。そんなもの、見なくても分かっているのだ。父親ではない。昨日開店前の店先で別れた、あの男だ。

「すみません、お引き留めして」

慌てて立ち上がった綾瀬に、染矢が首を横に振る。自分には縁遠いからこそか、少年の無防備さはなにより愛しい。

「楽しかったわ。……安全運転も大事だけど、今度一緒に健康診断にでも行かない？　特に眼科とか」

仁義

口にせずにはいられなかった言葉に、大粒の瞳が瞬く。抱き締める代わりに、染矢はやわらかな綾瀬の髪を撫《な》でた。


短い音色が、手元で上がる。

オルゴールを模した、可憐《かれん》な音だ。だが今は、人工的な金属音にしか聞こえない。着信音の選択を、誤っただろうか。

磨き上げられた鏡の前に座り、染矢は冴《さ》えた視線を携帯電話に落とした。白い化粧台の上に、薄紫色の携帯電話が載っている。黒い蝶《ちょう》の飾りが下がるそれを、手に取る気にはなれなかった。

「ねえママァ、次本田ちゃん、いつ来るの？」

一つ向こうの鏡台から、溜め息混じりの声が問う。長い黒髪を下ろした従業員が、疲れた顔で鏡を覗いていた。

「さあ、いつかしらねえ。お仕事、忙しいみたいだけど」

顔色一つ変えることなく、染矢が返す。しかし本当は、本田の近況など少しも知らない。櫛《くし》を置き、染矢は胸元を飾る紐を結び直した。華美なコルセットを身に着けた自分が、鏡のなかで静かに瞬く。

「最近見ないわよね、本田ちゃん。ちょっとがっかりだわん。もう少し根性あるかと思ってたのに」

帰り支度を終えたトド子が、桜色に塗られた唇を尖《とが》らせた。

「ホント。ママが高嶺《たかね》の花なことくらい、誰が見たって分かるのにねえ」

疲れを知らない足取りで、ブル子がビールケースを厨房に運ぶ。日付を跨《また》ぎ、営業を終えた後とは思えない力強さだ。

「はいはい。お喋りは明日のお仕事用に取っておいて。もう鍵閉めちゃうけど、いいかしら？」

鍵を取り出して見せた染矢に、はあい、と女の子たちが声を上げる。日暮れ時から降り始めた雨のせいか、今日はいつもより早く店を閉めることができた。こんな日ばかりでは困るが、たまには女の子たちを早く帰せるのも悪くない。染矢にとっても、久し振りにゆっくりできる夜になりそうだ。

そう考え、内心苦い笑みをもらす。本当に休息を得たいのなら、まずは携帯電話の電源を落とすべきだろう。あるいは、特定の番号からの着信を拒むのでもいい。それをしない限り、可憐なオルゴールの音さえきりきりと心臓を蝕《むしば》んだ。

「本田ちゃん、最近仕事忙しいんだぁ」

百花《ももか》と名乗る従業員が、おっとりとした口調で嘆く。

「ね、ママ。稼ぎいいの？　本田ちゃんって」

地上へと続く階段を上り、エレナが染矢を振り返った。

「どれだけ稼いでても、車に垂れ流してたら同じじゃない？」

応える声に、動揺はない。つくづく自分は嘘つきだ。本田が多忙か否かなど、染矢は露ほども知ってはいない。この数日、本田は染矢の店に顔を見せていなかった。発端となったのは、言うまでもなくあの告白だ。

あれ以来、染矢は本田からの連絡をほとんど無視し続けていた。最も賢明なのは何事もなかったかのように受け流すか、きちんと向き合い目を覚まさせることだ。分かっていたが、本田を前にしたら冷静な説得より感情が先行するだろう。そんな自分が容易に想像でき、電話に出るのも躊躇《ためら》われた。

ブル子は本田に根性がないと言ったが、それは間違いだ。あれほどきっぱりと断られ、さらには電話も黙殺されているにも拘わらず、本田は果敢にも連絡を入れ続けた。だがこの何日かは、さすがに嫌気が差したのだろう、先程着信したメールが、今夜最初の連絡だった。

「確かに本田ちゃんってそういうタイプかも。ところでママの車って、まだ戻ってきてないの？」

エレナに尋ねられ、染矢が薄い唇を引き結ぶ。

「そうなのよ。新しい車買った方が無難かしらねえ」

それは染矢の本心に近い。本田を避けているせいもあり、愛車はいまだに染矢の手元に戻っていなかった。ずるずるとこんな状態を続けるくらいなら、誰かに頼んで車を取りに行かせるべきだ。そうでなければすっぱり諦め、着信を拒否して新しい車を買えばいい。分かっているのに、結局なにもしない自分にも腹が立った。

「きっとみっちりねっちり直してくれてるわよ」

「だってママの車よぉ」

事情を知らない従業員たちが、にやつきながら小突き合う。

愛着はあるが、しかし正直なところもう車はどうでもよかった。こんな時、化粧を施した染矢ならどうするだろう。

甲斐のない想像に、益々暗澹とした気持ちが込み上げた。今この瞬間も、自分は隙のない化粧で身を固めている。しかしマスカラで目元を飾り、ファンデーションで顔色を明るく彩っていても、その下に隠されているのは暗い目をした自分だ。

全ては、身から出た錆《さび》か。

見ず知らずの女性を助けようとしたことも、不注意から事故を起こしたのも、呪わしいが今となっては仕方のないことだ。だが本田の会社を訪ねたあの時、男の頬に口吻《づ》けたのは完全な失敗だった。

何度思い描いても、苦々しい息がもれそうになる。

女の形をした染矢にとっては、驚くべき行為とは言えない。しかし化粧を落とした自分にとっては、違った。性的な意味を含んでいなかったのは、言うまでもない。いずれにせよあれが本田を勘違いさせたと言われれば、返す言葉がなかった。

「車も直せて面白くって、本田ちゃんって本当に素敵な人だけど…」

人差し指を頬に当て、エレナが溜め息を吐く。同じように首を傾け、ブル子が凛々《りり》しい鼻の穴から息を吐き出した。

「でもヤンキー全開な本田ちゃんがママを狙うのは、野犬がいきなり三ツ星レストランに乱入して、ゴージャスなメインディッシュに飛びかかるようなものよねえ」

「ああん。ワイルドにかぶりつかれたぁい」

階段を駆け上がったトド子が、唐突にその足を止める。

「ちょ、あんたのデカッケツなんか誰も齧りたく……」

ぶつかりそうになったブル子が、抗議の声を呑み込んだ。

階段を上がりきった通りに、歪《いびつ》な影が落ちている。雨が上がった路上は黒々とぬれて、街灯の明かりを弾いていた。人通りが絶えたアスファルトで、鋭利な眼光が瞬く。

「本田ちゃん…！」

ぎょっと、トド子が息を呑んだのは一瞬だ。そこに立つ男が本田であることが分かった途端、女の子たちから安堵の息と歓声がもれた。

「びっくりしたァ！　こんな所でどうしたのよ。お店に来てくれればよかったのに」

水溜まりを越え、百花が嬉《うれ》しそうに駆け寄る。ブル子たちもすぐに続いたが、染矢だけは身動《みじろ》ぐことができなかった。

「本……」

喉の奥から、低い呻きがもれそうになる。

それは装った声音ではなく、動揺を隠せない男の声だ。締め上げられたように息を詰め、染矢はアスファルトに立つ男を見た。切りつけられるような眼光が、ブル子たち越しに自分を見つける。数日前、同じ路上で別れた男だ。

怒って、いるのか。

そんなこと、今更問うまでもない。喉の奥が痛いほど渇いて、手足が強張《こわば》った。

「よかったら、これからなんか軽く食べに行かない？」

「賛成！　ママも勿論つき合……って、ちょ、本田ちゃ……」

誘おうとしたトド子が、不意に引きつった声をもらす。同様に、本田を覗き込んだブル子もまた銀色のシャドウに彩られた目を剝《む》いた。

「なんじゃ……！　その車……ッ」

響き渡った悲鳴は、すっかり野太い男のものだ。取り囲んでいた女の子たちからも、声にならないどよめきが上がる。

白っぽい街灯の明かりが、本田の背後に停《と》まる車を照らし出していた。薄暗い路地に停められていてさえ、その車体の青さが目に突き刺さる。そこに描かれた図案に至っては、直視しがたい。

「あ？　さっき駐車場から出したばっかだ。すぐ出るから心配ねえ」

あんぐりと口を開いた女の子たちに気づき、本田が車を振り返る。路上駐車など、誰も心配していない。当たり前のように応えた男に、染矢はずきずきと痛む顳顬を押さえた。

「じゃ、私はこれで……」

過日、自分はあの車に乗ったのか。改めて考えると、死にたくなる。ハンドバッグで視界を遮った染矢に、本田が大股に近づいた。

「…っ」

逞しい腕が、二の腕を摑む。息を呑んだ女の子たちに構わず、本田が染矢を見た。

「乗れ。送るから」

短い声に、従業員たちが色めき立つ。それは魘《うな》されそうなほど青い車を見た時とは、まるで違う反応だ。

「送…」

あの車に乗るなど、あり得ない。行き先は地獄か、峠か。どちらにしても似たようなものだ。迸《ほとばし》りかけた怒声を、染矢は懸命に呑み込んだ。

「…ごめんなさい、今夜はまだ少し予定があるの。気持ちは嬉しいけれど改めて…」

できる限りの笑みを浮かべ、高い声を作る。

「ママにこれから予定があるなんて話、誰か聞いてる？」

「ママの勘違いじゃない？　だって今夜はフリーだって言ってたもの」

太いトド子の問いに、ブル子が即答した。ぎょっとして振り返った染矢の視線の先で、エレナたちもまた目を輝かせて首を縦に振る。

「……あなたたち…」

「悪ぃな、急に。連絡がつかなかったからよ」

唸った染矢に、本田が謝罪する。

携帯電話は、繋《つな》がらなかったのではない。染矢が意図的に、拒んでいたのだ。

「あれは……」

「遅くなっちまったが、仕上がったぜ。車」

告げた本田が、目を疑うほどに青い車の扉を開く。

乗れと、本気でそう言うのだ。それ以上に、染矢は男の言葉に耳を疑った。何故本田が、謝らねばならない。むしろ腹を立て、自分を詰《なじ》ってもいいはずだ。

「時間は取らせねえ」

促した本田に、ブル子たちの目がぎらりと光る。取り囲む視線を思い出し、染矢はハンドバッグを抱え直した。

「く、車なら明日誰かに取りに行ってもらうから」

「この前の、あいつが原因か？」

押し問答をするには、最悪の場所だ。低くなった本田の問いに、ぎくりと心臓が軋んだ。

「腹立ててんのか、お前。でも謝るような問題じゃねえだろう。俺はお前……」

雨に洗われた街に、男の声は不必要なほど明瞭に響く。興奮した女の子の鼻息で、アスファルトなど乾いてしまいそうだ。飛びついて口を塞ぐ代わりに、染矢は本田の襟首を摑んだ。

「か、返してくれ、車…！　今すぐ」

血を吐く思いで絞り出し、車に飛び込む。退散したい一心でシートベルトを引き出すと、本田が頷いた。

「本田ちゃんこそ、ママをよろしくね」

「お疲れ様、ママ」

「頑張ってねん」

「おう。あんたらも気をつけて帰れよ」

覗き込む女の子たちが、満面の笑みで手を振る。目隠し《スモーク》が貼られた窓越しに、染矢はぎりぎりと奥歯を嚙《か》んだ。

「今月は特別手当、全員なしだな……」

低く呻いた染矢の隣で、運転席の扉が開く。

「悪ぃな。疲れてるとこ」

歓声を上げ続ける女の子たちに、本田はもう一度、気をつけて帰れよ、と声をかけた。

「……悪いって思うなら…」

そう思うなら、こんな車で訪ねてくるべきではない。込み上げた唸りを、染矢は奥歯で噛み殺した。再びこの車に乗る日が来るなど、あり得ない。しかしそうだとしても、自分に本田を責める権利はあるだろうか。

呻いた染矢を、運転席に収まった男が見た。

「なんか喰ってくか？」

食欲など、あるはずもない。首を横に振った染矢に、本田がアクセルを踏んだ。

「ちゃんと喰ってんのか、飯」

ハンドルを握る本田が、眉根を寄せる。

元々染矢は、大食とはほど遠い。むしろ食べることに対して、ほとんど頓着がなかった。思い返してみればこの何日かは、まともに食卓についたかどうかも記憶にない。

「……まあね」

溜め息混じりに応えた声は、飾り気のない男のものだ。投げ遣りな染矢の応えに、本田がぎらつく双眸を振り向ける。

「嘘だろ」

断じる声と同時に、唐突に二の腕を摑まれた。ぎょっとした染矢に構わず、骨張った指が易々《やすやす》と腕を巻き取る。

「ちょ…」

「細すぎだろ。つか喰ってねえだろ。仕事中も、酒だけ飲んでんじゃねえだろうな」

振り払おうにも、頑健な男の腕はびくともしない。布越しに本田の掌《てのひら》の熱が染みて、背筋を鈍い痺れが走った。

「体調管理くらい、ちゃんとできる」

「だったらまともに飯喰って、陽に当たれ」

「なんだよそれ。あんた一体僕の……」

吐き出そうとした言葉が、針のように舌を刺す。

僕の、なんなのか。

感情のままに怒鳴りつけたら、目の前の男はなんと応えるだろう。自分の想像に、染矢は薄い唇を歪めた。

父親のような口を利いても、当然本田は親ではない。それならば自分にとって、本田は何者か。つい先日まで、その答は明瞭だった。

気の置けない、友達。

相手の状況などお構いなしに踏み込んでくる男は、同じくらい大らかに染矢を受け入れた。化粧をしていようが、していなかろうが、そんなものは関係ない。この男の前に立つと、不思議と気楽な声が出た。

気負うことも、偽ることもせずに喋れる存在は、染矢には希有《けう》なものだ。従業員の女の子たちや綾瀬も大切だが、それとはまた少し違う。なんの共通項もないにも拘わらず、本田は染矢を染矢たらしめてくれる友人だった。

「あ？」

言葉の続きを促し、本田が唸る。右手だけでハンドルを握る男に、染矢は助手席で身動いだ。

「……腕、放してくれ。痛い」

ごつごつと固い本田の手は、暴力的な力とは無縁だ。それでももらした苦情に、男は迷うことなく指を解いた。

「悪ぃ」

だから何故、謝るのだ。吐き出しがたいなにかが、込み上げる。何事もなかったかのように、世話を焼かれるのも嫌だった。だがこれが、本田という男だということも分かる。

学生時代から今日まで、久芳とつき合ってこられたのも、本田のこの気質があってのことだろう。竹を割ったようにさっぱりとした本田は、同性だからこそ憧れずにいられない快活さがあった。

「思い込みの激しさと車の趣味は、いただけないけど……」

唇の奥で唸り、染矢が摑《つか》まれていた腕をさする。

「なんか言ったか？」

アクセルを踏み続ける男が、不思議そうな眼を向けた。繰り返す気もなく、染矢が強張る背中を座席へ預ける。

「……雨、結構降ったんだなと思って」

目に映るのは、真っ直ぐに伸びる暗い道だ。

昼間は目まぐるしく車が行き交う幹線道路も、この時間は空虚なほど静まり返っている。ぬれた道をタイヤが嚙む音が響いても、車内を埋める沈黙の重さは変わらない。

「車、晴れた日に引き渡せばよかったな。汚れが気になればいつでも声かけろ」

何事も、本田にとっては車の話題に結びつくのだろう。重い雲を見上げた横顔は、先週目にしたものとなんら変わりがない。あんな告白も、その後の自分の行動も、なにもかもなかったかのような顔だ。

「………なんで、聞かないんだ」

愚かな問いだと、分かっている。問いというより、こんなものは八つ当たりだ。分かっていて止められなかった染矢を、本田が不思議そうに見た。

「あ?」

「電話。出られなかった、理由」

今すぐ、この口を噤《つぐ》むべきだ。

電話に出なかった理由など、明白ではないか。少なくとも、本田にとってはそうだ。責めて、欲しいのか。実際こんなふうに接しられるより、問い詰めてくれた方がましだった。

「お前が話してくれるってんなら、聞きてぇけどよ」

ゆっくりとハンドルを切った男が、応える。一片の皮肉も含まない響きに、かっと喉の奥で熱が弾《はじ》けた。怒りだ。なんて身勝手な。それこそ八つ当たりだ。

「僕は…」

「無理にとは言わねえよ。お前がなんて言おうと、俺も告ったこと、謝れるわけじゃねえし」

染矢の声を遮り、本田が言葉を継ぐ。

大きな掌で心臓を圧《お》されたように、息が詰まった。どうしたらそんなこと、真顔で口にできるのか。容姿を賛美されることも、愛を囁《ささや》かれることも、女の形をした染矢には珍しいことではない。そのどれにも理由があり、化粧を施した染矢には相手がなにを望んでいるのか、明確に知ることができた。それなのに何故今、これしきの言葉に身の置き所を失わなければいけない。無性に腹が立ち、染矢は大きく息を啜り上げた。

「謝って、欲しいわけじゃない。……思い直して、欲しいんだ」

ぬれたアスファルトに視線を定め、低く唸る。

こんな虫のいい望み、他にない。だが偽らざる本心を口にできるとすれば、それが全てだった。

「男に二言はねえ。謝れねえし、撤回もしねえ」

断言した本田が、ゆっくりと車を減速させる。背の低い建物が並ぶ町並みは、染矢にとって馴染みのないものだ。もしかして本当に、本田は自らが経営する整備工場に向かっているのか。車の納品など、染矢はてっきり口実にすぎないと思っていた。

「誤解だって、言ってるだろ」

本田の頬に贈った口吻けは、感謝と親愛を示すものだ。化粧をして女の服を着ていても、染矢は男でしかない。

着衣の下に隠された現実を知れば、本田の眼も覚めるだろう。だが覚めた後、自分たちはどうなるのか。予測がつかないほど真っ直ぐな気質そのままに、本田は自分と友人に戻るだろうか。何事もなかったかのように。

思い描こうにも、それはあまりに楽観的すぎて難しい。上手くすれば自然消滅だろうが、大抵は齧った林檎が毒の実だと気づけば、最悪の思い出にされるのが関の山だ。

交際を断り、本田からの連絡を無視していても、結局は友人関係など維持しようがない。それでも愁嘆場《しゅうたんば》を演じた挙げ句、二度と顔を会わせがたくなるよりましではないのか。建設的とは言いがたいが、それが最も傷口がちいさな結論に思えた。

「あり得ねえだろ、誤解なんて。マジで運命に決まってる」

断言した男が、車を停める。辿《たど》り着いたのは、アスファルトが敷かれた駐車場だ。数台の車が停まるその向こうに、白い建物が見える。飾り気はないが、まだ新しいそれは本田が経営する整備工場だ。

「なんなんだその思い込みは！　あんたは僕が女の格好してるから…」

「分かんだよ」

苦もなく応え、本田がシートベルトを外す。扉を開いた男が、染矢にも降りるよう促した。

「お前にだって分かってんだろ。…取り敢えず車、確認してくれ」

本当に、車を返すために連れ出したのか。果たしていつから、本田はあの路地で自分を待っていたのだろう。今日染矢が出勤しているかどうかも、分からなかったはずだ。

車を引き渡すためだけならば、本田自らがあんな場所で待っている必要はない。連絡が取れない自分を、直接捕まえるために時間を割いたのだ。それにも拘わらず、男は一言も染矢を責めなかった。

何故だ。この瞬間も、本田は誠実で気持ちのよい友人だった。女の姿をして、男性的な口調で話す自分を笑いもしない。どうしてこのままでは、駄目なのだ。叫びたい気持ちで、染矢は建物へと向かう男を見た。

「車なんてどうでもいい。待てよ本田！」

染矢を振り返った本田が、銀色の扉に手を伸ばす。静まり返った建物を、植え込みの照明が夜に浮かび上がらせていた。無骨だが機能的な工場は、外観も手入れが行き届いている。通用口と思しき扉を開き、本田が薄暗い屋内へ進んだ。

「本田！　お前、本当に分かってない。僕は……」

男でしかないのだ。

叫ぼうとした染矢の視界を、眩《まぶ》しい光が焼く。壁の電源を、男が押し上げたのだ。高い天井に明かりが灯り、真昼のような光が注ぐ。

「…っ……」

すぐには目が慣れず、染矢は短く呻いた。

自分を振り返った男の背後に、車の影が映る。見覚えのある輪郭に、染矢は眩《くら》みそうになる目を瞬かせた。

「……そ…れ…」

「新車同然だぜ？」

自慢気な男の声が、広い構内に響く。工具や機材が並ぶその奥に、一台の車が納められていた。

二つしか扉を持たない姿は、染矢の愛車とよく似ている。否。似ているというより、多少見覚えがあると言える程度か。むしろ似ていない点を挙げることの方が容易で、染矢は自らの目を疑った。

「新…車って言うか……」

悪い夢ならば、さすがにもう覚めてくれなくては困る。

染矢が愛した車は、暗い緑色だ。華やかな色を好む染矢には珍しいが、懐古的な愛らしさが気に入っていた。だが今目の前にあるものはどうだ。深緑とは似ても似つかない桃色の車がそこにあった。

「後ろはごっそり取り換えといたから、マジで新品だぜ」

車へと近づいた本田が、大きくへこんでいた箇所を掌で確かめる。

本当に。

本当に、これがあの車か。あの、自分の。

目眩《めまい》を覚え、染矢はその場に膝をつきそうになった。

「な……」

否定しがたい色合いが、眼底を焼く。桃色は、決して染矢も嫌いな色ではない。しかし照明に照らされるそれは、軽やかさや愛らしさとは恐ろしいほど無縁だった。

真珠にも似た光沢を持つ車の上で、眩しい桃色と蛍光を帯びた紫色とが鬩《せめ》ぎ合っている。どうしたらこれほど、暴力的な色合いに仕上げられるのか。さらに染矢の気力を奪ったのが、そこに描かれた図柄だ。

蒔絵《まきえ》を思わせる豪華さで、金や銀の花弁が車を包んでいる。桜吹雪、か。直視するのも怖かったが、ボンネットにはなにか真っ赤な文字まで描かれていた。

「約束したろ。足回りと、車内も少し……」

機嫌よく教えた本田が、窓越しに車内を示す。その言葉が終わるのを待たず、染矢は渾身《こんしん》の力で右腕を振り上げた。

「うお」

驚いたように眉を上げた男が、半歩後退《あとじさ》って拳を避ける。涼しげな顔に怒りが募り、染矢は手にしていたハンドバッグで本田を撲《ぶ》った。

「なんてことするんだこのクソヤンキー…ッ！」

車なんてどうでもいいと、そんなことを口走った数秒前の自分を殺してやりたい。こんなものを見せられて、黙っていられるものか。まるで常軌を逸した本田の車そのものではないか。二度もあんな車に乗ってしまった自分が言うのもなんだが、所詮あれは他人の車だ。しかし変わり果てた姿でここにあるのは、染矢自身の愛車だった。

「事故ったとこ以外も、少し手ぇ入れただけじゃねえか。走りやすくなってるはずだぜ？　なに怒ってんだ」

「どんな嫌がらせだ！　この、色…ッ！」

染矢が問題にしているのは、性能ではない。上品さの欠片もない車体を、染矢は睨《にら》んだ。

「浮世絵みてぇによ、火がグラデーションになってんのも考えたんだが、これくれぇ華やかでねえとお前には…」

「どこが華やかだ…ッ」

絶叫が、工場内に響き渡る。

とてもではないが、人間と喋《しゃべ》っているとは思えない。どっと全身から力が失せて、染矢は車の脇で体を折った。

「これ…が……」

これが、仕返しか。

交際を断り、電話にも出なかった自分に、本田はこんな形で報復を果たすのか。

効果的と言えば、あまりに効果的だ。黙って廃車にされているより、こんな姿を突きつけられる方が余程堪《こた》える。

「おい。どうしたよ」

蹲《うずくま》った染矢を、本田が脇から覗き込んだ。どうしたもこうしたもない。立ち上がる気力もなく、染矢は首を横に振った。

「うるさい。近寄るな」

怒鳴りつけてやりたいのに、絞り出せるのは低い声だけだ。こんな所に来たのが、間違いだった。

心から悔いた染矢の肩を、大きな掌が包む。

「ピンクよか全部紫の方がよかったか？」

膝を折った男の声に、皮肉は微塵《みじん》も含まれていない。かっと熱いものが喉元に散って、染矢は男の腕を跳ね除《の》けた。

「黙れって言ってるだろう！　誰がこんな…ッ」

叫んだ途端、鼻腔《びこう》の奥に鋭い痛みが走る。感情に因るものか、生理的な問題なのかは自分でも分からない。込み上げる金切り声ごと、染矢は奥歯を噛んで顔を伏せた。

「こんな？」

開いた膝に肘を当て、本田が首を傾げる。唇を開くと罵声以上のなにかがもれそうで、染矢は喘ぎながら体を揺らした。

「放……」

「染矢」

「うるさい…っ」

逆った声が、意外な近さで男を撲つ。覗き込んでくる眼が、思ってもみなかった距離から自分を見ていた。

「なにが気に入らねえ。言ってみろ」

繰り返された声は、こんな時でさえ辛抱強い。摑まれた腕から熱が染みて、染矢は弾かれたように本田を押し返した。

「黙……」

「大丈夫かお前」

　大丈夫なわけがない。悲鳴の代わりに、触れられた肘の先からぞくりとした痺れが背中に走る。肘に触れた手も、射るように自分を見る眼も、あまりにも近くてぞっとする。こんなもの、友人同士の距離ではない。

「どけ…っ」

暴れる染矢を、本田が両腕で支えた。これは明らかに、直接的な抱擁と口吻けを容易にする近さだ。ほんの半歩、踏み出すだけでいい。それだけで互いの唇に口が触れ、全てが終わる。

自分の想像に、ぴりぴりとした痛みが首筋を伝った。

嫌悪感とは違う。その事実が、二度染矢を打ちのめした。

感じたのは、落胆に近い。なにか取り返しのつかない境界に押し出されたような、罪悪感と紙一重にある感情だ。

同時に、後頭部にすっと冷たい空気が流れ込んでくる。暗い目をした自分にも、華やかな世界で生きる染矢にも、共通した諦念《ていねん》だ。まるで肉体から意識が乖離《かいり》するように、肋骨《ろっこつ》の内側が冷たくなる。

本田の眼に映る自分は、果たして何者だろうか。

男の肉体を持ち、女の形をする自分。本田はそのどちらの染矢と、恋愛できるつもりでいるのか。

この瞬間首を傾け、抱擁と口吻けを交わすとしたら。静まり返った胸の片隅で思い描き、笑い声がもれそうになる。

抱擁や口吻け程度なら、どちらの染矢を相手にでも可能かもしれない。だがそれ以上となった時、本田はどうするのか。

ぴたりと動きを止めた染矢を、眉根を寄せた男が凝視する。穴を穿《うが》たれそうなその眼光は、直接皮膚を撫でられるのにも等しい。細い腕を支えていた本田の掌が、そっと二の腕を辿り上げた。

「染矢…」

確かめるように呼ばれた声に、飾り気はない。

目を閉じて、そこに沈んでいくことは容易だ。

肩へ動いた掌が、訝《いぶか》るように痩せた輪郭を辿った。持ち上げられた指先が、意外な慎重さで乱れた黒髪を払う。

まるで初めて、自分に触れでもするようだ。逸らされることのない本田の双眸を、染矢も同じように見返した。探るような眼がなにを知りたがっているのか、染矢には分かる。

男の身で、男の本能を嗤《わら》うのは酷だろう。だが女の姿をした自分は、何者かを映す鏡なのかもしれない。

どんなに美味《うま》そうに見えたところで、その林檎は毒だ。繰り返し警告してやったのに、目の前の男は聞こうとしなかった。林檎の記憶を胸に留め、森を去る方が懸命だとどうして理解できない。叫んでやりたくとも、もう声は出なかった。

どうしても喰らうと言うのなら、好きにしたらいい。自分にできることは、毒に苦悶《くもん》し、死んでゆく男の顔を見届けることだけだ。

自虐的な感触に、胸の端が軽くなる。足の下に暗い奈落を感じながら、染矢は誘うように目を伏せた。

「……お前…」

聞き取れないほど低く、男が唸る。だがそれも、一瞬のことだ。明確な徴《しるし》を、本田は見落とすことも、無視することもしなかった。髪を掻《か》き上げた指の背が、頬骨に触れる。すぐに瞼《まぶた》を覆った影の黒さに、染矢は睫を揺らした。

もう友人の距離には戻れない。噛みつくように唇を覆った口の熱さに、薄い胸がびくりと跳ねた。

「ん……」

抱き竦められたのは、唇が重なった後だ。髪を払った指の慎重さとは対照的に、背中を引き寄せた腕は強く逞しい。掻き抱かれると同時に、ぐらりと膝から力が失せた。車体に縋《すが》ろうとした掌が、氷のように冷える。それなのに重なった唇は、驚くほど熱かった。

「ぁ…」

どっと、背中に汗が噴き出す。男の骨格を有しているにも拘わらず、染矢の痩軀《そうく》は易々と本田の腕に納まった。豊満な脂肪を持たない胸が、互いの体の密着を容易にする。

つい先日も、同じ工場で口吻けをした。あの時にも息が詰まったが、今は莫迦らしいほど手足がふるえる。ぺちょりと、なめらかな舌先が下唇に当たると鳥肌が立った。少し冷たく感じる舌に、痺《しび》れが湧く。

「…う……」

長身な染矢の骨格は、本田にとっても初めて腕に抱くものだろう。背中に回った腕に新しい力を込められ、染矢は喘ぐように唇を開いた。ざり、と互いの足元で靴底がコンクリートをこする。背中を撫でた本田の掌が、肩をさすり白い顳顬を辿った。

「ふ……」

何度も重なった唇が、ぴちゃりと音を立てて離れる。鈍く痺れた唇に、もう一度口が当たった。

「…っ…」

いつの間にか唾液で汚れていた顎が、ぴくりと戦《おのの》く。身動ごうとすると、額に男の額が寄せられた。

口吻けの合間に聞いたのと同じ、低い呼吸が頬を掠める。

怖いくらい強い眼が、自分を見ていた。無防備な喉元に、ぬれた牙を押し当てられる心地がする。

同じ眼が、嫌悪にぬれて自分を見るのか。

ぞくりと、なにかが背筋を這《は》い登る。だがそれさえも、どこか他人事めいて遠い。口吻けに肩を喘がせるのは紛れもなく染矢自身なのに、胸の芯は冴え冴えと凍てついていた。

「染矢…」

名を呼んだ男の声もまた、口吻けにぬれている。首筋を撫で上げた本田の指が、黒い髪に絡んだ。

首筋に指を添えられ、薄い背が撓《たわ》む。

どんなふうに、本田の手が動くのか。不思議なものを眺める心地で、染矢は首を傾けた。

もう一度、口吻けられるのか。望まれるまま、唇を開こうとして染矢は動きを止めた。

息が触れる距離から、本田の眼が自分を注視する。その底にあるのは、見慣れた熱情だ。しかし眉

根を寄せた男の表情は、色事にはまるでそぐわなかった。

「……よな」

喉に絡んだ問いが、上手く聞き取れない。不思議そうに睫を揺らした染矢を、本田が長い腕で引き寄せた。

「無理強いは、しねえ」

改めて与えられた声に、指先が跳ねる。

「俺と、つき合うってことだよな？　こうなるってことは…」

まるで駒送りのようにはっきりと、男の唇の動きが目に焼きついた。つい数秒前まで、重なっていた唇だ。

一時の熱量に押され、一線を越えたりはしない、と。どんな場所にも踏み込んで来るくせに、こんな時だけ正攻法を望むのか。

ぶるり、と。首筋を走ったなにかに、後頭部が重く痺れた。信じられない。否、これが本田なのだ。

絞り出した息がふるえたのは、驚きのせいではなかった。

怒りだ。

明確な感情は、痛みに近い。

「……死ねッ」

指先に引っかかっていたハンドバッグを握り直し、染矢は右腕を突き出した。

「あり？　それとも…、なし？」

紫煙が、高く立ち上る。薄暗い明かりに照らされる店内で、ブル子がタイツに包まれた足を組み直した。

「あたしはあり」

銀色の盆を抱えた百花が、ほっそりした手を挙げる。

「お黙りビッチ。超ガテンでオラオラ系でゴツイちんぽ持ってたら誰だってありなんでしょ」

「ちんぽのごつさは未確認だけどぉ、超ガテンてのは文句なく合格よねえ」

一蹴したブル子に、トド子が物憂げに応えた。

「本田ちゃん、超イイ体してるもん」

「ママと二人、颯爽《さっそう》と夜の街に消えていったのもありだったわ」

一昨日の情景を思い浮かべ、ブル子が鼻から白い煙を吐き出す。

「そうね。あれはあり」

でも、と煙を目で追ったトド子が黒い瞳を曇らせた。

「でも…あの車は……」

「なしよねぇぇぇ…！」

カウンターに寄りかかる三人が、異口同音に振り絞る。

本田が染矢を迎えに来た一昨日以来、寄ると触ると女の子たちの話題はそれだった。あんな車を目の当たりにしたのだから、無理もない。

「さすがのママも、堪《こた》えたみたいね…」

気の毒そうに声を落とし、トド子がちらりと視線を巡らせた。

「乗っちゃえばどうにかなるかと思ったけど……」

厳《いか》つい眉間に皺《しわ》を刻み、ブル子もまた深く頷く。

「本田ちゃんがいくら頑張っても…」

「あんな頭おかしい車じゃあねぇぇ…」

ひそひそと交わされる囁きに、染矢は内心大きな息を吐き出した。

これが仕事中でなければ、もっとおおっぴらに溜め息を吐いてやるところだ。一昨日の夜、なにがあったのか。本田と共に車で消えた染矢のその後を、当然女の子たちは鼻息を荒くして聞きたがった。しかし聞かせてやれる話など、何一つない。そもそも一昨日の出来事など、思い返すのも苦痛なのだ。

目の奥から、あの桃色の車体が離れない。染矢が経営するこの店内には、うつくしくそして歪《いびつ》なものがあふれていた。けばけばしいと、そう言って目を背けたがる者も多いだろう。だがあの桃色は、そんなものより余程質《たち》が悪かった。罪の意識など一つも持たず、暴力的な一途さで目を射る。

嚙み締めた奥歯から唸りがもれそうで、染矢はここが職場であることを自分自身に言い聞かせた。

どれほど屈辱的であろうと、汚された愛車の色も図案ももうどうでもいい。あの車を桃色に塗った男の顔がちらつくたび、叫び出したい心地が込み上げる。

欲していた林檎が手のなかに落ちてきても、本田はこれ幸いと齧りつきはしなかった。歯を立ててよいか、と、そう尋ねることができる図太さと無粋さは決して美徳ではない。本田の声が耳に蘇るたび、吐き出しがたい怒りが胸を舐《な》めた。

嚙られる林檎自身も、一度欠けたら元には戻れない。無傷でいられる者など一人もいないのに、同じ罪に踏み出す覚悟があるかと、言質《げんち》を求める神経が許せなかった。

切り捨てがたい怒りが、二日経った今もどろりと鳩尾《みぞおち》でくすぶっている。本田の整備工場から戻った夜などは、結局一睡もできなかった。翌日青白い目元をファンデーションで隠した染矢に、従業員たちは事情を察したらしい。

よい結末を迎えなかったことは、染矢の顔色を見れば明らかだ。あの狂気じみた青い車を目にした後だけに、疑問を抱く余地はない。好奇心を疼《うず》かせつつも、女の子たちは同情さえ寄せてくれた。その上染矢の口から語られることのなかった顚末《てんまつ》を、勝手に作り出して納得してくれている。真実からはかけ離れていたが、訂正する必要は少しもなかった。

「ママの場合は、完全になしって感じよねえ」

残念そうに、ブル子が太い溜め息を吐く。

「玉砕かあ。さよなら本田ちゃん」

「あれから音沙汰もないしね」

百花が肩を落とす通り、この二日染矢の携帯が鳴ることはなかった。実際は着信の有無さえ知らない。オルゴールの音を聞くのも嫌で、あの夜電源を落として以来、染矢は携帯電話に触れようともしなかった。

「音沙汰あったとしても……」

「あの車じゃあねえぇぇ」

三人の口から、またしても落胆の声がもれる。その嘆きに、店の扉が開く気配が重なった。

「はぁい。いらっしゃぁあい」

カウンターから体を起こし、トド子が扉へ急ぐ。続こうとした百花が、ぎょっとした顔で足を止めた。声にならないざわめきが、入り口から店内へと伝播《でんぱ》する。

「どうかしたの？」

そろそろトド子たちに、無駄口を止めさせなければいけない。そう考えていた染矢は、店内の様子に眉をひそめた。無駄話は止まったが、店内からは客たちの歓談の声も失せている。不審に思い、振り返った染矢もまた息を詰めた。

店の入り口に、男が立っている。確かめるまでもなく、染矢にはその男が何者か分かった。

本田だ。

一昨日の夜、整備工場で別れた男がそこにいた。考えるより先に、後頭部がかぁっと熱くなる。消えることのない怒りの火が、息を吹き返すのが分かった。だが棘《とげ》を持つ言葉を、投げつけてやることはできなかった。

我が目を疑い、立ちつくす。

初めて会った時に、本田は薄汚れた作業着を着ていた。今もまた、男は白い上下を身に着けている。

だがそれは、同じ白色でもつなぎではない。

裾を引き摺りそうなほど長い上着の下に、真新しい晒《さらし》が見えた。平らな腹を巻き取る木綿の上は、剝き出しの胸板だ。

誰か、殺しにでも来たのか。

店内を見回した男の眼光は、そうとしか思えない。

だがそれ以上に、上着に縫い取られた金色の文字に視線を釘づけにされた。

張りのある白い生地を、けばけばしく光る金糸が飾っている。肉厚に描かれた文字は、意味は理解しがたいが全て漢字だ。

「特攻…服……？」

ぽかんと口を開いた客の隣で、エレナが呻く。

その言葉はきっと、間違ってはいないだろう。だが映画のなかでさえ、こんなもの目にする機会はない。派手に広がる裾を揺らし、本田が絨毯《じゅうたん》を踏んだ。

「…っ……」

迷いのない足取りが、真っ直ぐに染矢へ向かう。はっと我に返り、従業員たちが顔を見合わせた。

染矢に袖にされた男が、こんな状態で現れたらそれはなにを意味するのか。ぎらつく本田の眼を見なくても分かる。

「待…！　ほ、本田ちゃん、思い直して…ッッ」

「マ、ママはびっくりしただけよ！　すすす素敵だったわよ!?　あの車…ッ」

裏返った声を上げ、トド子が果敢に間に割って入った。ビール瓶に手を伸ばしたエレナに眼をくれることもなく、本田が店内を横切る。

「……まだ現役だったわけ？　その格好」

刃物で刺されるまでもなく、この男に殴られたらそれだけで昏倒《こんとう》するだろう。逃げる気にもならず、染矢は唸った。

殴りたければ、殴ればいい。今殴られるか、嫌悪感を持った後に殴られていたかの違いだけだ。他人事のように考えた染矢の眼前で、男がぎりりと奥歯を嚙んだ。

「…この前の話を取り消しに来た」

絞り出すように、本田の唇から低い声がもれる。眉根を寄せた染矢に、男が大きく息を吸った。

「すまねえ。男に二言はねえなんて言っておきながら」

それは、敗北を認める声だ。

取り囲む従業員たちが、驚きに息を呑む。本田を見上げる染矢だけが、静かに目を瞬かせた。

本田は、後悔しているのだ。

一連の出来事は、全て男の勘違いから始まった。

林檎の毒を一口舐め、ようやく目が覚めたのだろう。胃の腑《ふ》を縛っていた鎖が解けるように、ふと呼吸が楽になった。しかし同時に、喉元に鉛のような重さが生まれる。上手く声を出しがたい錯覚があり、染矢は唇に笑みを浮かべた。

「つき合ってくれだの、莫迦《ばか》みてぇに騒いで。マジ後悔してる」

染矢が口を開く前に、本田が深い息を吐き出す。顔を歪め、トド子が両手で口元を覆った。何故そんな辛そうな顔をする理由がある。トド子を宥《なだ》める代わりに、染矢は首を横に振った。

「いいのよ、そんなこと」

自分でも驚くくらい、穏やかな声が出る。だがそれは本当に、やわらかな響きを帯びていただろうか。ただ一つはっきりしているのは、本田の判断の正しさだけだ。

「もうあんな半端なことは言わねぇ」

歯を剝かれ、染矢の眉が揺れる。強い眼をした男が、逸らすことなく染矢を見下ろした。

「結婚してくれ、染矢」

瞬いた視界で、本田の唇が動く。

つい数日前にも、同じことがあったはずだ。

唇の動きは視界に焼きつくが、その意味を理解することができない。声が耳に届いたとしても、頭が受け入れることを拒否するのだ。

「……………は？」

女性らしさとは無縁な声が、唇から落ちる。

聞き直したいだなどと、少しも思わない。だがこぼれた声を、呑み込むことはできなかった。

「日和《ひよ》ってるって、お前が思うのも無理ねぇ。悪かった。今すぐ結婚してくれ」

瞬く以外、なにもできない。

冗談だろうと、笑い飛ばせないのが辛かった。こんな眼をした男が、冗談など言うはずがない。むしろ自分を刺しに来たと言ってくれた方が、余程ましだ。

水を打ったような沈黙に、足元がぐらぐらする。

「頼む、染矢」

懇願した男に、どっと歓声が弾けた。息を詰めていた従業員たちが、悲鳴じみた声を上げる。

「きゃー！　プロポーズよぉお！」

「本田ちゃん、男だわァ」

呆気に取られていた客たちも、暴力沙汰にならなかったことにほっとしたのだろう。大きく息を吐いてグラスを乾《ほ》した。

「ママ！　ママ返事は!?」

興奮した様子で、トド子が染矢に飛びつく。自分と本田との経緯を知らない従業員たちには、罪のない余興として映っているのかもしれない。そんなわけがあるかと、怒鳴りつけたい気持ちを染矢は必死で噛み殺した。

「……結婚は、男女の間の契約だものね。こう見えても私は男だから、男の本田さんとの結婚は無理だわ」

ここが店内であっても、気持ちは嬉しいけれど、とか残念だけど、などという社交辞令を添えてはいけない。今すぐ死ねと怒鳴らないだけで、十分に自分は理性的だった。

「日本《にほん》の法律じゃそうだけど」

喧華上等
道路交通法第二十二条
車両は道路においてはその
最高速度をその他の道路に
定める最高速度を

「男同士でも結婚できる国たくさんあるわよ。ベルギーとか」

腹に響く低音で、ブル子が教える。鋭すぎる眼光を瞬かせ、本田が深く頷いた。

「行くしかねえ。今からベルギー」

確信を込めた声に、再び歓声が上がる。目の前が暗くなったが、ここで昏倒したら最悪だ。次に日本で目覚められる保証はない。

「オランダだってできるわよ」

「イギリスだって実質可能よん」

はしゃいだ声を上げる女の子たちを無視し、染矢は絨毯を踏んだ。有無を言わせず、本田の腕を掴む。

「ブル子ちゃん、後、お店お願いできるかしら?」

染矢の問いに、ブル子がべろりと唇を舐めた。

「勿論よママ。しっぽり……いいえ、ゆっくりしてきて」

期待を込めたどよめきが、女の子たちを包む。色めき立った彼女たちを、染矢は怜悧な目で一瞥した。

「本田さんに、日本の法律を教えてくるから、後のことは夜露死苦《よろしく》」

経営者の声で告げた染矢に、女の子たちが息を呑む。誰にも口を開かせることなく、染矢は本田を促し店を出た。

固い音を立てて、扉が閉まる。

黒い大理石が張られた玄関ホールに立ち、染矢は草履を脱ぎ捨てた。清掃が行き届いた玄関には、緑の鉢植え一つない。あるのは蝶の飾りが揺れる靴だけだ。

まさかこんなにも早い時間に、マンションへ戻るなど思ってもみなかった。

振り返ることなく、自室へと繋がる扉を開く。寝室と居間を兼ねたそこにもまた、玄関と同様に生活の匂いはない。

「染矢」

低い声が、背中に当たる。無言のまま振り返ると、黒い影が廊下に落ちていた。

この部屋に、自分以外の人間が立っているとは、俄には信じがたい。それが本田となれば尚更だ。

本田はすでに、あの狂気じみた上下を脱いでいる。店から連れ出す際、強引に着替えさせたのだ。

あんなものを身に着けた男と、タクシーに乗るなど絶対にあり得ない。タクシーを使うこと自体にも本田は異を唱えたが、三度《みたび》男の車に乗るなど願い下げだ。行き先を尋ねた本田に応えることなく、染矢はタクシーに乗り込んだ。

「ここ、お前の家か？」

廊下を見回した男が、興味深そうに問う。黒いデニムを身に着けた本田から視線を外し、染矢は扉をくぐった。

言うなれば店は、染矢にとって大切な城だ。だが広く扉が開かれた城と、この部屋は違う。家族は勿論友人でさえ、ここを訪れる者は少ない。こうなる以前でさえ、本田を招くつもりなどまるでなかった。

「染矢」

男の声に耳を貸すことなく、部屋の奥へと進む。

広い部屋に並ぶのは、艶やかな黒い家具だ。うつくしいそれらは、いつでも染矢の心を慰めてくれる。だが今夜は座り心地のよいソファを無視し、染矢は化粧台の椅子を引いた。

本田に腰を下ろすよう勧めることなく、鏡台に向かう。

デコラティブな装飾に縁取られたそれは、棺桶《かんおけ》を模した特注品だ。硝子の瓶へ手を伸ばした染矢を、本田が肩越しに注視する。

返事をする気がないことくらい、男にだって分かるのだろう。諦めたように、本田が寝台の脇に腰を下ろした。

「勝手に茶ァ煎れんのは…」

「なしだ」

初めて、染矢が口を開く。冴えた声音に、女性的な響きは微塵もない。本田に背を向けたまま、染矢は綿《コットン》にたっぷりと薬液を含ませた。

冷たいそれで瞼を拭っても、胸の内が軽くなることはない。むしろ拭い去ったファンデーションの厚さだけ、肌を削がれて血が流れるようだ。

「染矢」

「黙ってろ」

吐き捨て、鏡を睨む。明るい顔色が失せて、血の気のない肌が露《あらわ》になった。華やかな色合いに代わり、暗い目をした男が鏡のなかから自分を見返す。

共通するものは、その目に燃える怒りだけだ。

「黙ってられっかよ」

鏡越しに、胡座《あぐら》を組む本田が見える。呑み込みがたい熱が喉元に染みて、染矢は男を振り返った。

「だったらその眼を開いて、よく見ておけ」

ぬれた指で、長い鬘《ウィッグ》を摑む。

完璧に整えられた髪は、染矢にとって体の一部と同じだ。だが化粧を落とした今、結い上げられた髪は歪でしかない。引き剝ぐように、染矢は艶やかな鬘を毟《むし》り取った。

「僕は、男だ」

乱れた鬘を、本田に投げつける。

「こんな格好をしてるから、誤解してるんだろうけど……」

冷えきった指先で、染矢は小花が散る半襟を引いた。光沢のある帯を、力任せにほどく。

「染……」

躊躇せず、染矢は帯を引き抜いた。

乱れた襦袢《じゅばん》の下から、白い肌が覗く。平らな胸板は、どんな幻想を以てしても変えようがない。女物の着物の下に隠された自らの体を、染矢は皮肉なものを見る心地で見下ろした。

「分かっただろ？」

可笑しくなどないのに、声が揺れそうになる。ほどいた帯を床に放り、染矢は胸の合わせを暴いた。

「男なんだ。あんたと同じ。これが、現実」

瘦せた染矢の体は、男のものとしても貧相だ。知らしめるように、染矢が振袖を脱ぎ捨てる。迷うことなくしごきに指をかけ、染矢は本田を見た。

「全部、脱いだ方がいい？　面白くは、ないだろうけど」

男が頷かなくとも、今ここでなにもかも脱いでやる覚悟はある。

見下ろした染矢に、胡座のまま本田が双眸を見開いた。その眼には、拭いがたい驚きの色がある。あるいは、嫌悪か。

当然だと思う気持ちと、やはりという落胆が肋骨を浸す。莫迦莫迦しくて、肩が揺れそうだ。乱れた襦袢を直すこともせず、染矢は本田に顎《あご》で示した。

「分かったら、出……」

出て行けと、そう告げようとした染矢の眼前で影が動く。

「…っ…」

立ち上がった男の腕が、瘦せた肩を摑んだ。予想外の強さに、思わず後退る。

「放…」

「なんてことしやがんだ、お前」

怒りを含んだ歯軋りに、びりびりと肌が痛んだ。

「悪かったな。つまんないもの見せて。でも眼が覚め…」

吐き出そうとした声が、無様にちぎれる。屈み込んだ男の眼が、驚くほど近くから自分を見ていた。覚えのあるその距離は、ほんの二日前に味わったものだ。

半歩身を乗り出すだけで、唇が重なる。ぎょっとした染矢の肩を、大きな掌が包んだ。

「本……」

「自分をもっと大事にしろ…！」

強い声が、正面から自分を打つ。

実際殴られた方が、どれだけ楽だったか。真顔で説いた男に、染矢は呼吸も忘れ立ちつくした。

「ンな格好しやがって…」

呻き、本田が羽織っていた上着を脱ぐ。振袖を拾う代わりに、男は黒い上着で染矢の肩を覆った。

「結婚してくれとは言ったけどよ、今すぐヤらせろって意味じゃねえぜ？」

棒立ちになる染矢の胸元を、本田が合わせる。男の声は聞こえたが、やはり理解することは頭が拒否した。

まるで急降下するように、胃が騒ぐ。吐き気にも似た浮遊感が全身を襲って、染矢は声もなく呻いた。

「そりゃ、この前はなんつうかぐらっときて、お前にも悪ぃことしたつーか…」

今すぐ、その口を閉じろ。いや、息の根ごと止めてくれ。

自らの耳を塞ぐこともできず、染矢は渾身の力で右の肘を繰り出した。

「っ…お…！」

全体重を乗せた肘が、固い腹にめり込む。不意を突かれた本田が、ふらつきながら寝台に落ちた。

「染……」

名を呼ぶ声に、苦痛の響きは薄い。渾身の力で撲ったが、本田にとってはただ驚いたにすぎないのだろう。だがもうそんなこと、どうでもよかった。切り取られたように膝から力が失せ、その場に座り込む。

「おい、染矢」

気遣わしげな声が、寝台から自分を呼んだ。

だからもう一言だって、その口を開くな。

怒鳴る気力もなく、染矢は床に蹲った。

何故、こうなるのだ。

林檎を割って見せたところで、本田は納得しないのか。どこまで、莫迦なのだ。これ以上、この身のなにを晒せばいい。

足掻くのも莫迦莫迦しくて、染矢は啜り上げるように息を吐いた。

「大丈夫か、お前」

「そんなわけがあるか」

覗き込もうとする男に、低い声で切り返す。頭の芯がぐらぐらして、全身が重かった。蝶のような羽根を持たないこの体には、重力さえ呪わしい。眉間を歪め、染矢はふらつく体を起こした。

「……どうして…」

自分でも意図しない声が、唇をこぼれる。寝台に尻を乗せたまま、本田が染矢の横顔を見た。

「あ？」

「どうして、僕なんだ」

それは、染矢自身に向けた問いにも等しい。

何故、と。

この瞬間本田の前に立つのは、卑小な染矢自身でしかない。この自分に、本田はなにを求めるのだ。

「僕は男で…、女じゃない。それどころか、華やかでも、明るくもない」

染矢という人間を思い浮かべる時、真っ先に挙がるのはどんな特徴だろう。

自由に飛べる羽根と、軽やかな気質を持った存在だろうか。しかしこの身に詰まる毒は、男であるという事実だけではない。むしろ本当に苦いのは、自分という人間の醜さそのものだ。

「あんたも知ってるだろ？　本当の僕は暗くて、嘘つきで…、情けない奴だって」

視界の端に映る鏡から、顔を伏せる。代わりに生白い自分の腕が目に入り、染矢は痩せた指を握り締めた。

「……確かによ」

寝台に腰かけた男が、静かに頷く。

否定して欲しかったわけではない。それでも、肯定する響きに背中が強張った。

「確かにお前ェは、いつでも気ィ張って弱味も泣き言も、絶対ぇ人には見せねえ。店の連中にだって、そうなんだろ？」

大きく開いた膝に、男が厳つい肘を預ける。頷くことも、首を横に振ることもできず、染矢は唇の内側を嚙んだ。

「そんな奴が、俺には全部見せてくれたんだ。本当の顔ってやつを」

男の声音には、なんの気負いもない。揺るぎない事実のように突きつけられ、染矢は力なく喘いだ。

「違…、それは……」

「ぐっとこねぇわけあるか」

深く寝台にかけたまま、本田が真っ直ぐに染矢を覗き込む。逸らされることのない眼に、染矢は何度も首を横に振った。

「み…、見せたくて見せたわけじゃない！　あんたが勝手に……！」

隠しおおせるものならば、何者の目からも秘匿《ひとく》したい。それはこの瞬間も、染矢が一番に望むことだ。だがその願いを、一蹴したのは本田ではないか。

「俺しか、知らねえんだろ？」

真顔で念を押され、息が継げない。望むと望まざるとに拘わらず、本田はどんな場所にも踏み込んできた。なにもかも毟り取ったその手で、まだ自分を暴くのか。

「うるさい…！　なんで……」

叫んだ声が、裏返る。鼻腔の奥に痛みが生まれ、染矢は白い顔を歪めた。口にしたくない言葉まで、喉に迫り上がり殺すことができない。

「なんで…友達じゃ駄目なんだ。いいじゃないか…、このままで……」

それが無謀な望みであることは知っている。

地団駄を踏む、子供と同じだ。泣いて喚《わめ》いたところで、引き返せるはずもない。そもそも今となっては、自分と本田が本当に友達であったかどうかも疑わしいではないか。

妄想だ。

どれだけ叫んでも、手に入らない。分かっていて、まだ声を上げる自分が許せなかった。

「無理だろ。お前のこと、そこらの連れと同じになんか、見えるわけがねえ」

きっぱりと、本田が首を横に振る。素手で摑まれたように、ぐっと胃の腑に痛みが走った。

「ンな格好で目の前ちらちらされるだけで、ヤベぇんだ。男とか、女とか、関係あるか」

上着から覗く染矢の胸元に、本田が眉間を歪める。

どんな確証があれば、そんなことを口にできる。断言した男に、染矢はふるえる奥歯を嚙み締めた。

「関係ないわけないだろう…！　変わるんだよ、今はそう思ってたって、時間が経てば……」

時間が経つどころか、現実にぶち当たれば魔法は解ける。手にした林檎が毒の実だと気づいたら、捨てずにいられないのが人間だ。

いいではないか。

胸の奥で、囁く声がある。どんな経緯を辿ろうと、結末は似たようなものだ。同じ形に戻れないのなら、喚くなど無駄だ。馴染んだ諦念が、胸を覆う。だが喉を嗄らす叫びは、それとまるで矛盾していた。

往生際の悪さに、眼球の奥が痛む。こんな自分は知らない。無駄と知って足掻くのは、本当の愚か者だけだ。

「変わらねえ」

引きつった染矢の叫びを、低い声が遮る。

怒りが背骨を駆け上がり、染矢は眦を吊り上げた。

「ふざけ……」

「ふざけてんのはテメェだろ」

ゆらりと、男の影が揺れる。寝台から立ち上がった本田が、床を踏んだ。

「なんの覚悟もなしに、俺が結婚してくれって騒いでるとでも思ったのか？」

男同士で結婚だなどと、笑ってしまう。

いつもの染矢ならば、そう言ってやれただろう。だが覚悟と口にした本田に、干上がった舌が縺《もつ》れた。

「変わらねえ。俺はずっと、お前の側にいる」

迷いのない声に、がんがんと顳顬が痛む。

どこまで、莫迦なのだ。やめろと叫びたいのに、染矢はただ首を横に振ることしかできなかった。

「そ……」

「嘘じゃねえ。誓ってやる」

距離を詰めた男に、押されるように後退る。長く伸びた本田の腕が、染矢の肩を掴んだ。

「放…せ……」

「健やかなる時も」

もがいた頭を、大きな掌で引き寄せられる。額が重なるほど近くから、男の声が頰を撫でた。

「病める時も」

続けられたのは、誓約の言葉だ。場違いにも、ほどがある。瞬いた染矢の頭を、厳つい掌が両手で包んだ。

「喜びの時も、悲しみの時も…」

それは少しも、この男には似合わない。車を飾る狂気じみた塗装や、柄の悪い怒鳴り声とは対極にあるものだ。だが本田の声に、揶揄《やゆ》の響きはなかった。

「…………ああ、くそ、後は……」

続く言葉が出てこないのか、本田が唇のなかで呻く。眉根を寄せた男が、身動ごうとした染矢を引き寄せた。

「待て。すぐ思い出す。…くそ。ビシっと覚えて来たんだ、マジで」

無駄な、努力なのだ。罵ってやろうにも、捕らえられた体は痺れたように重い。本田の舌先が、男の唇をしめらせた。

「……あー、…富……」

「富める時も」

細い声が、唇からこぼれる。

呟《つぶや》くようにもらした声は、染矢自身の耳にも届いた。

「…貧しい時も」

不思議と、声はふるえない。記憶を辿るまでもなく、それは染矢の唇を越えた。

「これを……愛し、これを敬い…」

眼を見開いた本田が、まじまじと自分を見る。痛いほどに視線を感じ、染矢は深く息を吸った。

「これを慰め、これを助け」

どんな困難や変化が訪れようと、誓いを貫く。声にしてしまえば、それは単純な契約だ。

しかし明日という日の訪れは、誰にも確約されていない。次の瞬間に、この心がどこにあるのか、それを知る人などいないのだ。

唯一確かなことがあるとすれば、それはこの世に不変なものなどないという事実だけだろう。

それなのに愚かな人間は、叫ぶ。壊れない誓いが、そして愛が存在すると。いつつきるとも知れない、命の長さと同じだけ。

「この命ある限り、真心の限りをつくすと……」

「誓う」

染矢の言葉が終わるのを待たず、本田が頷く。

わずかな逡巡《しゅんじゅん》もなく宣言した男に、染矢は両腕を伸ばした。

「…っ……」

力任せに、襟首を摑む。細いとはいえ力の限りに殴れば、もう一度本田に呻きを上げさせることくらいできるだろう。それは魅力的な考えに思えたが、染矢は両手で男を引き寄せた。荒れた本田の口に唇を押し当てる。技巧など関係ない。

過日鼻先を掠めたのと同じ、乾いた匂いが触れた。ぶつかるように触れた唇が、同じ唐突さで離れる。

「染……」

茫然とした声も眼も、近すぎて痛い。もうなにも見たくなくて、染矢は襟首を摑む指に力を込めた。

「嘘だったら、殺すからな……！」

健やかなる時も、病める時も、刻々と変わりゆく世界を留《とど》めることはできない。

だが変わらないものがあると言うのなら、触れてみたい。その幻想が打ち破られる時は、同じ毒で二人が朽ちる時だ。

伸びた腕が嵐のように、瘦せた背中を引き寄せ抱き竦める。

合わせられた唇の狭間で、染矢は長い睫を伏せた。

耳鳴りが止まない。耳に刺さる静けさのせいか、喚き続ける鼓動のせいか、考えるのも億劫だ。薄紫色の寝具に沈み、染矢は冷えた額に掌を押し当てた。

「生きてるか…？」

胸元でもれた問いに、ぴりりと顳顬が痛む。

なんて聞き方だ。剥き出しの皮膚に歯が当たると、顳顬の痛みは熱の塊へと変じた。同時に、自分を包んでいるものが静寂などではないと教えられる。衣擦《きぬず》れの音と、息遣い。全身を揺るがす鼓動が、うるさいくらい耳についた。

「あ……」

もれた声の熱っぽさに、眉間が歪む。

意図的に出したものならば、どうということはない。だがこの体のなかで、染矢の自由になるものは数えるほどしかなかった。

「細ぇの…」

体の上で、男が唸る。

品定めをするなら、よそでやれ。抗議したくとも、ひりついた喉では怒鳴ることもできない。寝台に背中を預け、染矢は右の膝で男を撲とうとした。

「片手で摑めそうだぜ？」

口を噤む気はないのか、本田が脇腹に手を回してくる。

明かりを落としているにも拘わらず、痩せた自分の体がぼんやりと浮かんで見えた。薄く開いたカーテンの隙間から、街の明かりが室内に忍び込んでいる。暗がりに慣れ始めた目には、伸しかかる男の顔まで見て取れた。

「知る…か…っ…」

肋骨を確かめた本田が、掌で乳首を押し潰す。唾液でぬれた先端をこすられると、ぞく、と腰の後ろに痺れが広がった。言うまでもなく、そこには女のような膨らみはない。平らな胸を、熱くやわらかな舌が繰り返し舐めた。

「あ…っ…」

右足の親指が引きつって、罪悪感にも似た感覚が鳩尾を浸す。

なにをやっているのだろう。

今朝寝台を抜け出した時、次に訪れる夜のことなど少しも想像していなかった。昨夜と同じ夜がきて、昨夜と同じように一人で眠るのだと信じていた。だが今、寝台は二人分の体重を受け止めている。

「…ぅ……」

ごそりと動いた男の前髪が胸を掠め、それだけで背骨が反った。

信じられない。

よりにもよって、何故本田なのだ。

幾度となく繰り返した問いに、気が遠くなる。

だが口吻けをしたのも、寝台へ崩れ落ちたのも染矢自身だ。羽織っていた上着を失えば、残るのは頼りない襦袢だけだ。それさえもほどいた染矢の皮膚へ、本田は確かめるように触れてきた。

いいのか、と。相変わらずの莫迦正直さで口を開こうとした男を、染矢は許さなかった。

よくないのは、染矢が一番分かっている。

分かっていて、口吻けたのだ。

強く髪を摑んだ染矢に、さすがの本田もその意図を察したらしい。それ以上無駄口を叩くことなく、どちらからともつかない口吻けで終わった。

「……っ……」

味でも確かめようというのか、腫れた乳首に本田の歯が当たる。

女とは構造が違うのだから、そんな場所をいじられても興奮などしない。頭では理解できていても、舌で散々に搔かれた肉はぷっくりと立ち上がっていた。

「もう少し、喰わねえと」

揶揄とは無関係な声で、本田が独りごちる。

「嫌…なら……」

「心配だっつってんだ」

眉根を寄せた男が、瘦せた腿を手で摑んだ。

「…っ……」

覚悟していたことだが、居心地の悪さに逃げたくなる。襦袢の紐をほどいた時も、膝頭を股間に押しつけた時も、本田は動揺を見せなかった。薄暗かったせいもあるだろう。だが内腿を探られれば、体の差異は決定的になる。

腿を包むようにさすられ、痛々しいほど体が強張った。尻に近い場所を辿られるより、ぴんと張った内側の筋を撫でられ背中が跳ねる。ぞっと鳥肌が立つ痺れが込み上げて、染矢は上がりそうな声を呑み込んだ。

「こっちも、細すぎだろ」

舌打ちでもしたそうに、本田が鼻のつけ根に皺を寄せる。

気にするべきは、そんなことではないはずだ。引きつる息を殺し、染矢は寝台の上で身動いだ。

「うるさ…」

染矢の抗議を取り合わず、固い指が性器に絡む。一息に握り込まれると、気持ちのよさよりも恥ずかしさに息が詰まった。

「…あ……」

瞼の裏が、赤く濁る。

あの手が、直接自分に触れているのだ。

想像すると、首筋に汗が噴き出した。ざり、と本田の親指がまだ乾いている陰毛をこする。一度離れた手が、動きやすい角度を探り再び性器を握った。

向かい合い、男の陰茎に触れるなど本田に経験があるわけがない。それにも拘わらず、男の動きに迷いはなかった。

むしろ執拗《しつよう》に、性器の括《くび》れを辿り先端を撫でてくる。染矢の形を確かめるよう、入念に動く指に腹が立った。同じくらい、どこを触られてもびくつく自分に喚きたくなる。

「も……」

そんな所、触らなくていい。そう訴えたいのに、本田は眼を上げただけだ。親指の腹で割れた肉をくすぐられると、じっとしていられない。

「…ぁ……放……、せ…」

鼻腔の奥が無意味に痛んで、染矢は投げ出した膝を揺らした。爪先に絡む En袢が、さり、と滑る。器用な指に血管を辿られると、握られた性器が嬉しそうに撥ねた。そのたびに膨れる肉を、体を浮かせた男がまじまじと見下ろしてくる。

「気持ちよさそうだぜ？」

それは性感を高めるための、卑猥《ひわい》な囁きとは言えない。ありのままを口にされ、頭の芯がずきずきした。熱っぽい本田の視線を受ける性器は、嫌になるくらい勃起している。指の輪で根本から絞られると、背骨が軋んだ。

「ひ…ぁ…」

どくりと、重たい蜜が開ききった先端からあふれる。飛び散るほどの、力はない。半端にあふれた粘液を、男の指がすぐさま掬《すく》った。

「…ぅう……」

猥雑《わいざつ》な匂いが鼻を掠め、耳鳴りが酷くなる。ぶるっと身ぶるいした染矢の性器に、大きな掌が体液をなすりつけた。

「気持ちいんだろ？」

腹が立つほど嬉しそうな声が、脇腹を舐める。ふるえただけの染矢を見下ろし、本田がどろつく指で陰嚢《いんのう》を押し上げた。

「い……っ……」

尻へ向け伸ばされた指に、目の奥で光が弾ける。まだ硬さのある性器を陰嚢ごと握られ、じわりとした気持ちよさに腹がへこんだ。

「あ……」

男の指が、陰嚢の奥から続く皮膚を掻いてくる。そこは薄く、しっとりとぬれていた。しかし女のように、受け入れるための機能など備えているはずもない。

「…そこ……」

もっと触って欲しいと、強請ったわけではない。むしろその逆だ。指の腹でぐりぐりとこすられ、苦しさに踵が跳ねる。確かに固い体に当たったが、本田は呻き一つ上げなかった。

「ここだろ?」

ぬれきった指が、下方にずれて尻穴に届く。丸く形を辿られ、恥ずかしさにどうにかなりそうだ。

「っ…、あ…」

男の体で、どう性交に及ぶのか。あるいはどんな性交を果たすのか。

本田の想像や願望を、染矢は問い質《ただ》しはしなかった。

この体を全て暴くと決めた以上、本田は自身が納得しない限り決して引き返しはしないだろう。毒を喰らって窮まるまで、止まることはないのだ。

息を啜り上げた染矢を見下ろし、本田が粘膜の中心に指の腹を擦りつける。くちゃ、と味わうような音が上がり、本田が眉間に皺を寄せた。

「…ぅう……」

指で確かめた穴の、その狭さにたじろいだのかもしれない。瞼を押し上げようとした染矢を抱え、男が狭い場所を指で開いた。

「あ……」

自らぬれることのない肉は、女のようなやわらかさを持たない。中指と人差し指を使い、本田が狭い穴を左右に開いてくる。押し当てられた指の先端がぬぷ、と沈んで、握られた陰茎が痛いくらい脈動した。

「ぅあ……」

自分の手で握り込んで、どうにかする方がましではないか。無論そんな余裕もなく、生理的な涙が滲《にじ》んだ。

「痛ぇか？」

呻いた染矢に、男が視線を巡らせる。寝台を見回し、本田が脱ぎ捨てられていた上着を引き寄せた。ごそごそと財布を探った男に、首筋が熱くなる。状況を悟り、染矢は瞼に冷えた掌を押し当てた。

「………ぁ…棚…」

「あ？」

呻いた染矢に、本田が顔を上げる。苦しみながら寝台脇の棚を示すと、男はすぐにその意図を理解したらしい。珍しく無駄口を叩くことなく、本田が黒い抽斗《ひきだし》を開いた。

「借りるぜ」

自分が寝室の抽斗に、なにを仕舞い込んでいるのか。そんなものまで晒さなければいけない怒りが、整わない呼吸に呑み込まれる。がたがたと抽斗を漁《あさ》り、本田が重たげな瓶を掴み出した。さっぱりとした香りがするボディクリームは、染矢の気に入りのものだ。

唇を引き結んだ染矢を、承諾の証と理解したのだろう。本田の指が蓋を開き、たっぷりとクリームを掬った。

あの太い指が瓶に入り、こんなことのために中身を掬うとは。顔を伏せた染矢の腿に、ぺちょりと冷たい感触が当たった。

「ぁ……」

身構えたほど、それは冷えてはいない。一度触れた尻穴へ、ぐちゃりと、今度もなんの躊躇もなく指を当てられた。

「…あ、あ……」

角度を替え、太い指がぬるりと肉の輪をくぐってくる。途端に鼓動が跳ねて、刺激に慣れ始めていた性器がびくついた。緊張に締まろうとする肉を、クリームを掬った指が揉み広げる。懸命に呼吸を整えると、太い第一関節近くまでが沈んだ。

「染矢？」

喘ぐ痩身を、慎重な眼が見下ろす。

広げられる苦しさに、息が詰まる。呻いた染矢を見下ろし、男が時間をかけて指を回した。指に力を加えられると、ぬるっと内側で肉が曲がるのが分かった。

「い…い…、から…」

快楽を訴える声とは、言いがたい。

気遣われるのが辛くて、染矢は首を横に振った。急《せ》くことのない本田の指は、圧迫感はあっても痛みは少ない。第二関節を超えクリームを塗り広げた指が、ぬぷりと抜け出た。息を吐く間もなく、もう一度クリームを掬い、尻穴に押し込まれる。

「あぁ…っ…」

繊細に寄せられた襞から、あふれたクリームがぷちゅりと押し出された。馴染んだ匂いが鼻先を掠めて、居たたまれなくなる。垂れたクリームを何度も拭い、太い指が穴を出入りした。

「…っぅ……」

いつの間にか男の膝に引き上げられていた腿が、びくびくと跳ねる。二本に増えた指を内側で広げられると、耐えがたい痺れが後頭部を包んだ。

「ひぁ……」

高くなった指の節が、ぐり、と薄い粘膜をこする。もう一本指を増やされても、染矢はやめろとは叫べなかった。

「どうだ？」

とろけた尻穴から、ぐちゅぐちゅとやたらと水っぽい音が上がる。体液で薄まり溶けたクリームが、気色悪く尻まで伝った。どうだなどと尋ねられても、口を開くのだって苦しい。気が遠くなるほど出入りした指が、ふっくらとした場所を内側から掻いた。

「ぃ…、あ……」

目の奥で、火花が散る。本田の手に性器を押しつけ、染矢は汗ばんだ体を揺すった。自分の性器からあふれた粘液が、べったりと男の手を汚している。痛いほどに反り返る性器を撫で、本田が膝で体を支え直した。

「…っあ……」

張り詰めた腿の裏側に、脈動する肉が当たる。ぎくりとして巡らせた視線の先に、勃起した陰茎が映った。白い自分の肌とはまるで違う色をした、本田の肉だ。

「ぁ……」

瞬く間に、口腔《こうくう》が干上がる。

指で触れたわけでもないのに、じわりとした熱が掌を包んだ。興奮、しているのか。こんな自分を目の当たりにして。

ただの生理現象だと、そう思えた方が楽なのは分かっている。だが自分自身の願いとは無関係に、喉が鳴った。

「染矢」

ずるりと、充血した尻穴から太い指が退く。名を呼んだ声が、喉に絡んで響いた。息を吐いた男が、ぬれきった尻に陰茎を擦りつける。

「つ……ぁ…」

「染矢」

繰り返され、伏せていた睫がぴくんとふるえた。強く光る男の眼が、逸らすことなく自分を見ている。

「無理、すんなよ」

ふっくらと腫れた穴の入り口を、太い指が撫でた。気遣う指の動きに、言葉の意味を理解する。

「な…」

「お前が辛ぇなら、待つ」

それは肉体の苦痛を指すものか、あるいは胸の内を問うものか。低くもらされた声は、了解を求めるものではない。この期に及んでも、本田は本気で自分を気遣っているのだ。

見上げる男の眼には、確かな情欲の影がある。ただの生理現象であったとしても、ここで引き返すなど男の肉体には苦痛でしかない。

なんて、男だ。

どこまで莫迦なら気がすむのか。闇雲に掻き抱いて、自分本位に歯を立てればいい。それを許すと、言っているのに。

「……つ、まで……」

両足が自由になれば、力の限り蹴ってやれた。痺れた足の代わりに、掠れた声で呻く。

「…あ?」

「い…つ……、まで、だ…」

いつまで、待つのだ。そしていつまでなら、待てるのだ。

痛む喉から絞り出した染矢に、本田が眉をひそめる。

「無理にやるつもりはねえ。お前が……」

その気になるまで。あるいは準備が整うまで先には進まないと、本田はそう言う気だったのか。なんて言い種だ。最後まで聞いていられず、渾身の力で腕を伸ばす。

「っ…」

力任せに耳を摑むと、鋭利な双眸が見開かれた。驚いたようなその顔を、腕の重みを頼りに引き寄せる。

「じゃ…あ、今、だろ……」

口吻けてやるほど、甘くはない。苦しい息と共に吐き出すと、本田がさらに大きく眼を開いた。

「染…」

「…黙…れ」

罵ろうとした唇を、口で塞がれる。べたつく手で腰を支えられると、下腹に本田の陰茎が密着した。

「あ…っ…」

熱っぽい舌が、閉じていられない口腔に入ってくる。舌を舌で探られ、ただでさえ苦しい息が上がった。のたうつ下腹を叩いた陰茎が、指で支えられて尻穴に行き着く。

「っ…、ぁ……」

高く上がった声を聞き、本田の陰茎が尻穴を押し開いた。

ひどい圧迫に、背骨が軋む。上がるはずだった悲鳴さえ、嚙みつくように重なった男の口に吸われた。張り上げた声の振動が、染矢自身の舌を痺れさせる。

「…は、……ぁ…」

充血した粘膜を割り、脈動する塊がずるりと動いた。弾力のある肉は、腰骨が溶けそうなほど熱い。

「ふ、……っ、…ぁ…」

苦しくて、首を振ろうとしたが無駄だった。浮き上がってもすぐに追いかけてくる口に、舌も息も舐め取られる。頭は朦朧《もうろう》とし通しなのに、密着した場所はどこもかしこも熱く疼いた。耳を掴んでいたはずの指が、気がつけば本田の肩に食い込んでいる。

「染矢…」

莫迦みたいに、名前を呼ぶな。

高く息を啜り上げた拍子に、男の腹に当たった性器が弾けた。

「…ひ…ぁ…っ…」

挿入の衝撃に萎えていた性器が、みっともない音を立てて皮膚を打つ。べちゃりと飛んだ精液が、本田の腹までを派手に汚した。

「っ……」

のたうった染矢の上で、男もまた息を詰める。陰茎をくわえた肉が、きつく竦んだのだ。締め上げられる刺激は、快楽だけを呼ぶとは限らない。動きを止めた本田が、嚙み締めた歯の奥で呻いた。

もらされた息は、痛みより充足が勝る。腹が立つと同時に、ぞくりとした痺れが鳥肌となって脇腹を包んだ。

「染矢」

繰り返した本田が、眉根を寄せ腰を揺らす。縮むどころか、一回り大きくなったように感じる肉が、ぬぷと直腸を進んだ。

「ぁ…、深……」

まだ全てが、収まりきったわけではないのか。脳裏に、先刻目にした陰茎の太さが蘇る。血の気が引くのも、口腔を唾液が満たすのもほぼ同時だ。小刻みに揺すられ、萎えた染矢の性器が互いの腹にこすれる。

「…う…あ…」

呻いた口を、繰り返し本田の舌が舐めた。男の息も、浅く乱れている。たったそれだけのことが、莫迦みたいに頭の芯を濁らせた。

そうだ。自分も本田に劣らず、愚かなのだ。

汗にぬれる体を膝で支え、本田がゆるく腰を引く。ごつごつした肉に捲《まく》られ、粘膜が外側に引き出された。もう皺がなくなるほど引き延ばされた入り口を、太い男の指が手探りする。

「あ…、ああ……」

「怪我《けが》は、ねえな」

喉に絡んだ呟きに、死にたくなった。顎を突き出して悶《もだ》えると、指を添えたまま腰を突き出される。

「い…っ…」

にゅるっ、と、先程までより容易に、勃起した陰茎が粘膜を掻き分けた。内臓を圧迫され、喉の奥

にまで重苦しさが募る。

「…あ、あ…、あ……」

どれだけ口を開いても、胸を満たすだけの酸素を得られない。

寄せられた舌が、口を吸いたそうに動いた。だが呼吸を妨げてはいけないと、今更ながらに思い至りでもしたのか。

鼻先に鼻を擦り寄せた男に、染矢は爪を立てた。

「……か、ら……」

どんなに大切に扱われても、所詮自分は男だ。真綿で包む必要など、なにもない。首を横に振った染矢に、本田が双眸を歪める。血が滲むほど爪に力を込め、染矢は細い首を持ち上げた。

乾ききった唇が、男の口に当たる。眼を見開いた本田が、次の瞬間に息を詰めた。堪えようとした男の肩に、ぎりりと爪を食い込ませる。

「染……」

胴震いが、腿の内側に伝わった。陰嚢が密着するほど深く押し込まれ、声にならない悲鳴がもれる。

「…ぁ、…あぁ……」

隙間なく重ねた体の奥で、耐えがたい熱が直腸を満たした。

達成感などよりも、苦しさに腰が浮く。

「は、は……、あ……」

射精が続く陰茎を、体重をかけて押しつけられた。これ以上は無理だと思うのに、まだ沈んでくる。

最後の一滴まで注ごうというのか、本田が眼を閉じて腰を揺らした。

「ぅ…あ……」

閉じられない唇を、繰り返し舐められる。舌など絡めなくても、入り込む本田の息遣いだけで口腔が痺れた。

「染矢…」

何度名を呼べば、気がすむのか。考えた途端、ふっと胸の奥で呼気が弾けた。

気がすむまで、呼べばいい。

その終わりがいつかなど、この熱の最中に思い巡らせてなんになる。一瞬後に世界が形を変えようと、今ここにいる自分は自分以外にはなり得ない。

「うるさ……い…」

切れ切れの息の下から、罵りをもらす。

甘さの欠片もない憎まれ口に、本田の肩が揺れた。笑って、いるのか。繋がった体の間で、ぺちょ、と粘っこい音が上がった。

「ぁ……」

「続けて、いいか?」

体を支え直した男が、問う。それは明らかに、笑う響きを帯びていた。

「…な……」

図々しい問いにも、その明朗さにもぎょっとする。ぬれた睫を瞬かせると、すぐ鼻先に鋭利な双眸があった。

「いいか？」

繰り返された声は、やはり笑っている。

なんて奴だ。

呻いた染矢を見下ろし、本田がそっと腰を揺らす。腹が重苦しくなるほど吐き出したくせに、男の陰茎はまだぴっちりと染矢の肉を押し広げていた。

「あ…っ…」

冷えた鼻先を、舐められる。

駄目に決まっていると、吐き捨ててやろうとした声が崩れた。

「知る…か、こ…の、莫迦野郎……」

罵りの終わりが、呆気なく口吻けに呑まれる。

笑い声を上げたのは、本田の唇だ。同じように肺を弾ませ、染矢は目を閉じた。


なにかが、視界を横切った気がした。

蝶が、その羽根を羽ばたかせたのか。目で追おうとして、染矢ははっと睫をふるわせた。

薄い瞼を透かして、日差しが染みる。目を開けたのと、覚醒を知ったのはほぼ同時だ。見慣れた寝室の天井が、窓から差し込む陽光を浴びている。

「起きてるか？」

少し掠れた声が、高い位置から降った。声の主が誰かも、何故この寝室にいるのかもすぐに理解する。だがその事実にもぎくりとして、染矢は息を詰まらせた。

「ああ…」

思い通りに声が出ず、曖昧に呻く。

肘を使い、染矢は怠い上半身を押し上げた。

朝からこんなこと、心臓に悪すぎる。

無論、真実体に悪いのは、昨夜の出来事だろう。

節々が痛む体を、染矢は慎重に引き寄せた。シーツを剝がれた寝具が、寝台に投げ出されている。

染矢が眠っていたのは、剝き出しにされたマットレスだったらしい。そんなことどうでもいいくらい疲れきり、昨夜は眠りの底へ沈んだ。

再び朝の光を浴びることなど、正直想像していなかった。だが目映《まばゆ》い日差しを伴い、朝は昨日と同じ顔をしてそこにある。

「なに喰う？」

当然のように尋ねられ、染矢は薄い瞼をこすった。広い自室に、男の影が落ちている。黒いデニムを履いただけの本田が、ペットボトルを手に自分を見下ろしていた。

「なに…って…」

喉に絡んだ声は、やはり惨めなほど掠れている。もう一度寝台に倒れ込むこともできず、染矢は眉間を歪めた。

「朝飯。時間的には昼飯だけどよ」

飲んでいたペットボトルを、本田が差し出してくる。

一連の男の動きを、染矢は寝台からただ眺めた。

自分とは隔絶された世界の、一つの場面を見上げているようだ。いつもと同じ自室。見慣れた空気の色。頓着のない男の声。昨日まで染矢がいた世界と、それは酷似している。

だが確実に、違うはずだ。剥き出しの胸板を晒す本田が、この部屋にいる。しかも恐ろしく機嫌のよい顔をして。

あり得ないと思う気持ちを、ペットボトルから伝った雫が打ち消した。

「染矢？」

応えない染矢を、男が訝しそうに見る。

その目に、毒に侵された苦しみはない。同性と同じ寝台で夜をすごした現実さえ、読み取ることは難しかった。

「あんたは……」

こぼれそうになった声が、唇の奥で消える。

何故、ここに残ったのか。泥のように眠る染矢を残し、本田は部屋を出ることもできた。だがそうするどころか、腕を打ち払う気力もない染矢を抱え、男は同じ寝台で眠りに就いた。床に放られたシーツ類から推測するに、本田は汚れた寝具を整えようとさえしたらしい。昨夜自分たちが、どうやって寝具を汚したのか。それまでもが脳裏を過《よぎ》りそうで、染矢は薄い唇を噛んだ。

「マジで大丈夫か」

まだ心配気に、本田が覗き込んでくる。

大丈夫なはずがない。

特攻服姿で店を強襲された上、寝るつもりのなかった男と体が痛むほど交わったのだ。世界が壊れるどころの話ではない。それにも拘わらず、目の前には昨日と同じ眼をした男がいた。

「なんか腹に入れりゃ、頭もはっきりすんだろ」

勝手に決めた男が、室内を見回す。食べ物など、この部屋にあっただろうか。ぼんやりと考えた染矢を、本田が振り返った。

「ところでお前、週末暇か？」

なにを、言い出すのか。

まさかベルギーに行こうとでも言う気ではあるまい。

皮肉混じりに思い描こうとして、染矢は内心ぞっとした。昨夜店で起きた騒ぎの記憶は、いまだ生々しい。

「……なんでだ」

暇などないと、即答すべきだ。自身の忠告を裏切り、低い問いがもれる。寝台の端に腰を下ろし、本田が染矢の指から水滴を拭った。

「法事、顔出せなかったんだろ？　事情話して、週末にでも顔見せに行ったらどうだ」

追突事故を起こした時、染矢は実家での法事に向かっていた。理由も話さず約束を反故《ほご》にしてしまったが、しかし今更取り繕うことでもない。

「必要ないよ。なにかあれば、向こうから呼び出しが入る。急に顔なんか見せても、喧嘩《けんか》になるだけだし」

訪問に足る理由があってさえ、染矢にとって実家の敷居は高かった。いきなり訪ねなどしたら、父親はどんな顔をするか。歓迎されると考えるほど、染矢は楽観的ではなかった。

「いいじゃねえか。家族ってなそんなもんだろ？」

こともなげに返され、口腔の奥に苦さが湧く。

「あんたの家はどうか知らないけど、うちは…」

「同じだろ。喧嘩になっても、直接顔見て話せば誤解も解ける。自分のガキが可愛くねえ親なんざいるわけねえんだし」

覗き込んでくる本田の眼には、揺るぎない確信があった。

何故当然の事実のように、言葉にできる。本田は自分の父は勿論、染矢自身のことさえよく知らない。だが男に断言されると、不思議と首を横に振る気が失せた。

「……時間が、あれば…」

すぐに訪ねられるとは、思わない。だが検討するくらいは、できるかもしれなかった。目を伏せた染矢に、男が頷く。

「よっしゃ。じゃあ、帰りに寄ろうぜ」

機嫌のよい声で促され、染矢は細い首を傾げた。

「寄る？　どこへ」

喉の渇きを思い出し、染矢がペットボトルに口をつける。そういえば染矢の愛車は、まだ本田の工場に残されたままだ。一日も早くあの下品な桃色を削り落とし、地獄の工場から救い出してやらなければならない。ふつふつと怒りが蘇り、染矢は表情を殺して水を煽った。

「パスポートセンター」

左足を引き寄せた本田が、平然と応える。

耳慣れない言葉にぽかんと開いた唇から水が伝った。

「……パ……」

「持ってるか、お前。俺ァ切れてる気がするからよ。どうせだから一緒に取りに行こうぜ」

どうせって、なにがだ。

そもそも本田がなにを言っているのか、まるで理解できない。喘いだ胸が、水を飲み込みきれずに噎《む》せ返った。

「な……、ど…、パスポート、なんか…」

げほげほと咳き込み、切れ切れに吐き出す。鼻も喉も痛んで、溺れそうだ。

「調べたんだがよ、トド子たちが言う通り、ベルギー以外にも籍入れられる国、結構あんだな」

すぐに腕を伸ばした本田が、薄い背をさすってくる。

その声は、冗談を言っているものではない。いい加減そんなこと、染矢にも分かった。分かりすぎるくらいだ。

「待……」

「ちゃんとけじめはつけさせてもらう。安心しろ。半端な気持ちじゃねえ」

請け合った男が、尻ポケットから携帯電話を探り出す。

半端な気持ちでないことは、分かった。同じくらい、本田という男が半端な毒では死なないことも理解できた。

それを喜べるかと問われると、どうだろう。

「どこがいい？」

差し出された携帯電話の液晶画面に、世界地図が映し出される。

四角い画面に浮かぶ世界のちいささに、目眩がした。この世の果てにさえ、逃げ場はないのか。誓いの言葉が、頭蓋骨の内側で響き渡る。

「ビシっと正装で決めて、式挙げようぜ」

「服ごと燃やすぞ莫迦野郎…！」

致死量の毒が、今こそ必要だ。

抱き寄せてくる男の腹を、染矢は渾身の力で撲った。

蝶と幾何学

「やっぱり……、吐き出した方が楽になることも、あると思うんですよ」

張り詰めた声が、円卓に落ちる。思いがけない真剣さに、染矢薫子《そめやかおるこ》は長い睫《まつげ》を揺らした。

「……なにを？」

目の前の少年は、時として驚くほど突拍子がない。切れ長の目を瞠《みは》り、染矢は向かいに座る綾瀬雪弥《あやせゆきや》を見た。

真昼の日差しを浴びる綾瀬は、いつもより少し青褪《ざ》めて映る。それでも張りのある肌はなめらかで、内側からほのかに輝くようだ。十代とはいえ、これが少年の肌かと思うと世の女性たちに同情したくなる。くすみのない肌に限らず、綾瀬の容姿は並の女などより余程繊細だった。

尤も、それは染矢自身にも言えることだ。

強い輝きを宿す双眸《そうぼう》に、凛《りん》と結い上げた髪がよく似合う。小柄とは言いがたい長身を加味しても、染矢の性別を正しく言い当てられる者は少ない。

黒いロングスカートを穿《は》きこなす染矢もまた、綾瀬と同じ男なのだ。

肌荒れとは無縁の頬に手を当て、目の前の少年を視線で辿《たど》る。ほっそりとした首筋を眺《なが》めていると、染矢でさえよからぬ考えが頭を過《よぎ》りそうだ。そんな自分の想像に、染矢は眉をひそめた。呆《あき》れるというよりも、危険な冗談にさえ浮き立たない自らの心が恨めしい。

「しつこいって、自分でもそう思うんですが…。でも、やっぱり……疲れてるだけじゃなくて、悩み事があるんじゃないですか？　染矢さん…」

言葉を選びながら、綾瀬が身を乗り出す。そう言えば二週間ほど前にここを訪れた時にも、綾瀬は同じことを口にしてはいなかったか。蘇る記憶に、染矢は内心眉根を寄せた。

「また心配させちゃったかしら。でも大丈夫よ。ちゃんと睡眠も取ってるし。元気そのもの」

全く以て、人間とは信用のできない生き物だ。その証拠に、自分はこんなにも嘘《うそ》つきだった。にっこりと笑って見せた染矢に、琥珀《こはく》色の瞳が益々曇る。

「でも……」

陽光が、綾瀬の目元に淡い影を落とした。まるで部屋の空気に溶け入ってしまいそうだ。

新宿《しんじゅく》駅から近いビルの最上階に、この部屋はあった。狩納《かのう》北《そむく》が所有する、豪華な檻《おり》だ。同じビルの二階には、男が経営する金融会社の事務所が入っていた。狩納と染矢のつき合いは古く、事務所へ出入りする機会も多い。だが染矢がこの部屋に足を踏み入れたのは、この夏が初めてのことだった。

理由は、ただ一つ。この少年のためだ。

ある日突然連れ帰った綾瀬のために、狩納は染矢に入室を許した。狩納に頼み事をされるなど、ほとんど経験のないことだ。それだけ、綾瀬は特別な存在だったのだろう。実際目の当たりにした少年は、様々な意味で特別だった。

「でも染矢さん、最近…、本当にここ最近、時々溜《た》め息ついたり、なんて言うか、ぼんやりしてることもあるし……」

綾瀬の白い眉間《みけん》に、痛々しい皺《しわ》が寄る。余程、思い詰めていたのだろう。自分を見詰める大粒の瞳に、カップを握る指がふるえそうになった。

「そんなだったかしら、私」

思い当たる節など、幾らでもある。日本を離陸する全ての航空機が運航不能になってくれるよう、本気で願ったのは先週のことだ。幸い危機は脱したが、脅威が去ったわけではない。

大きく頷《うなず》いた綾瀬を、ティーカップ越しに眺める。本当に、この少年は時々染矢の想像を超えてくれた。

「そうですよ…！　だからやっぱり、悩み事があるんじゃないか…って」

平素の綾瀬は、自分から他人の領域に踏み込むことはない。それがこんな話を繰り返すのには、相応の理由があるのだろう。

「俺、なにか力になれること、ありませんか…？　いつも染矢さんには助けてもらってばっかりで…」

真剣な瞳は言葉以上に雄弁だ。思わず、どんな力になってくれるのかと、そのちいさくて可愛い鼻をつまんでやりたくなる。

「ごめんなさいね、綾ちゃん。心配かけちゃって…。この前まで、お店でフェアやってたでしょ。それで少し忙しくて。でも、もう平気だから」

笑みを深くした染矢に、琥珀色の瞳が揺れた。

「……無理に、聞き出すようなことじゃないって分かってます。でも……、話すと楽になるって言うし…」

「綾ちゃんは、いつだって私の力になってくれてるわ。本当に悩みなんてないの」

「嘘です…！」

思いがけない懸命さで、綾瀬がちいさな頭を振った。

「俺…、分かるんです。だって染矢さんの悩みってきっと…」

自分自身の声に驚いたように、綾瀬が視線を迷わせる。いつにない剣幕に、染矢もまた目を瞠《みは》った。

嫌な予感が、胸を過《よぎ》る。

それは唐突に、染矢の背筋を凍えさせた。

綾瀬はお世辞にも、勘がいいとは言えない。そんな綾瀬にさえ、ここ最近の自分はなにかを悟られていたのだろうか。心当たりがないと言えば、嘘になる。この少年に異変を悟られるだけでも不覚だが、もし、もしもその理由まで気取られているとしたら。

頭を掠《かす》めた考えに、染矢は低い呻《うめ》きを上げそうになった。まさか目の前の綾瀬に限って、そんなことあり得るだろうか。

「ありがとう綾ちゃん」

「話してみて下さい。……きっと、染矢さんの悩みは、こ……」

ぐっと、鼓動が胸を打つ。

今、この子はなんと口にしようとした。目を剝《む》いた染矢の耳に、低い唸《うな》りが届く。携帯電話の着信を告げるその音に、染矢はハンドバッグを引き寄せた。

「ごめんなさい、綾ちゃん。ブル子ちゃんだわ」

液晶画面に浮かんだ名前に、内心ほっとする。こんな時間に連絡を入れてくるのだから、当然急ぎの用件なのだろう。なんにせよ、助かった。慌てて立ち上がった染矢に、綾瀬もはっとした様子で腰を浮かせる。

「す、すみません、俺こそ引き留めちゃって…。もう、時間ですよね。そうだ、この前いただいたお菓子のお礼に、皆さんに差し入れがあるんです。すぐに用意してきますから、ゆっくりお電話してて下さい」

台所へ向かう後ろ姿を見送り、染矢はひっそりと溜め息を嚙《か》んだ。


高い踵《かかと》が、コンクリートの床に足音を刻む。

焦げ茶色の扉が並ぶ通路は、まだ深い眠りのなかにあった。表札のない扉の前に立ち、長い指で鍵を開く。

「………」

ただいま、と、そう声をかける習慣はない。

銀のシャンデリアが下がる玄関ホールで足を止め、染矢は薄い唇を引き結んだ。昼間指摘された言葉が、ちらりと脳裏を過る。確かに最近、自分は溜め息を吐きすぎていた。綾瀬にさえ心配されるのだから、相当なものだろう。しかしこんな状況では致し方ないのではないか。

大理石で飾られた玄関を、改めて見下ろす。

革製の薔薇があしらわれたハイヒールが、玄関ホールに並んでいた。艶《あで》やかな姿を眺めるだけで、うっとりしてしまう。左手側に作りつけられた棚を開いたなら、もっと多くの蒐集《しゅうしゅう》品を見ることができるだろう。

しかし今は気に入りのハイヒールより、その隣に落ちる黒い革の塊に目がいった。無造作に脱ぎ捨てられた、ブーツだ。砂埃で白く汚れたそれは、明らかに染矢の持ち物ではない。

見るからに厳つい男物の靴を、眉根を寄せて見下ろす。

唇を引き結び廊下を進んだ時、右手にある扉が開いた。

「…ッ…」

込み上げた悲鳴を、寸前で呑《の》み込む。

鋭利な金属の刃を、シャンデリアの明かりが撫《な》でた。磨き上げられた包丁が、染矢の眼前でぎらりと光る。

「遅かったな」

低い声が、喉に絡むように響いた。

開かれた台所の扉から、ぬっと長身の影が踏み出す。吊《つ》り上がった双眸《そうぼう》の鋭さより、染矢は本田宗《ほんだそう》一郎《いちろう》の右手から目を逸《そ》らせなかった。

「……ていうか、ホラー展開だって知ってたら帰らなかったし」

驚きのせいばかりでなく、口調から女性的な響きが失せる。凝視する染矢に気づいたのか、本田が自らの手元に眼を遣《や》った。

「スプラッタもお断り。なにやってんだ」

「まだ喰ってねえだろお前、飯」

握った包丁で、本田が台所を示す。物騒この上ない仕種《しぐさ》だ。よく切れそうな刃もそうだが、本田の容貌も負けてはいない。

幼馴染《おさなな じ》みでもある狩納を始め、お世辞にも真っ当とは呼べない男が、染矢の周囲には少なからずいる。そのなかにあっても、本田の目つきの悪さはなかなかのものだった。包丁を手にしたこんな男と、自宅では決して遭遇したくない。自分が招いたわけでないなら尚更だ。

「食べてないけど……」

何故ここに本田がいるのか、それを問い質《ただ》す代わりに低く応える。分かりきった返答だったのか、本田がちいさく頷いた。

「声かけりゃ誰かがなんか作ってくれんだろ。店でも少し、腹に入れるようにしろよ」

なんだその、猫に餌を与えるような言い種は。唇を引き結ぶ染矢に説教を残し、男が台所へ引っ込む。

本田に抗議してみたところで、甲斐はない。協調性の欠片もないこの男は、都内で整備工場を営んでいた。スパナを持つ手が、今は包丁を握っているのだ。オカマバーを経営する、自分の部屋で。

この現状に疑問を持つべきは、むしろ本田の方かもしれない。しかし本田くらい、周囲を気にしない男もまた珍しかった。本当に、頓着をしないのだ。

女だと信じて求愛した相手が、実際は女装した男だと知った時も、本田はほとんど苦にしなかった。内心思い悩んでいたのかもしれないが、そんなものは染矢が知るところではない。

改めて考えると、心底腹が立つ。

普通それは、越えがたく高い壁ではないのか。昨日まで暮らしていた世界の全てが、崩壊するに等しい。しかし染矢の忠告に耳を貸すことなく、本田は壁をよじ登り毒の林檎《りんご》に歯を立てた。真っ逆さまに落ちれば可愛げもあったが、男は死ぬどころか腹を下した様子さえない。

「勝手に入った上に、説教か…」

髪を彩る花飾りを毟《むし》り、染矢は奥の扉を開いた。呟《つぶや》きからは、女性的な響きが削《そ》げ落ちたままだ。かつては日常的に耳にしていた男性的な響きに、微《かす》かな違和感を覚える。こんな格好をしているせいだろうか。足元に絡むロングスカートを見下ろし、染矢はソファへ身を投げ出した。

居間と寝室を兼ねた部屋には、艶のある家具が並んでいる。ソファの隣には鳥籠が飾られているが、鳥の姿はない。

標本箱のように、この部屋には生活の匂いがしなかった。否。しないはずだった。

布張りのソファに頭を預け、目の前のローテーブルに視線を落とす。

猫のような足を持つそれには、見慣れない黒い革の塊が載っていた。靴同様に使い込まれた、本田の鞄《かばん》だ。染矢にとってみれば、こんなものは机より屑籠《くずかご》こそが似合いに見える。半端に開いた口からは、これまた小汚い手帳や用途不明のスパナがはみ出ていた。それどころか束になった書類や車雑誌の幾つかは、机や床にまで落ちている。

「……」

ソファの周囲だけではない。黒い刺繍《ししゅう》が施《ほどこ》されたベッドカバーにはタオルが、化粧台の脇には工具箱らしきものが放り出されていた。壁に愛車の写真が飾られる日も、遠くないのではないか。思い描いただけで、ぶるりと背中がふるえる。それが冗談に思えないほど、生活の痕跡が部屋のあちこちらを侵食していた。

「着替えてくるか？」

開かれた扉の向こうから、無愛想な声が問う。

「そうだね」

適当に応えはしたものの、立ち上がる気分にはなれない。これでは、どちらがこの部屋の主か分からなかった。

本田が初めてこの部屋の扉をくぐったのは、ほんの何週間か前だ。あの夜を境に、全てが終わっても不思議はなかった。

染矢が危惧した通り、本田との関係が変化したのは事実だ。想像とは大きく異なるそれが、好ましいものか否かは分からない。

「ここ、ベランダに物干し台がねえと思ったら、部屋んなかにはあんだな」

低い声と共に、食べ物の香りが鼻先に触れる。歩幅の大きな足音が、両手に載せた皿と共に近づいた。

「どこに？」

「風呂場」

「へぇ」

感心したような声を出すが、興味があるかと言えばそうでもない。

「へーじゃねえだろ。自分家のことだろうが」

「あったんだ。ここが僕の家だって自覚」

のろのろと体を起こし、染矢はテーブルを見下ろした。そのテーブルは明らかに、食事を取るためのものではない。投げ出されていた鞄を、本田が肘でどさっと床に落とした。

「あるに決まってんだろ。ここのハンドル握ってんのはお前じゃねえか」

真顔で応えた男が、広くなったテーブルに皿を並べる。

全くこの図太さは、どこからくるのか。たとえ助手席に座っていたとしても、当たり前のように身を乗り出しアクセルを踏むだろうに。反論を呑み込んで、並べられる皿たちに目を向ける。

白米に、焼き魚。八宝菜らしき野菜の炒め物に、味噌汁、小鉢が幾つか。白い食器に盛られたそれらは、豪華でなければ見栄えもよくない。だがひどく、うまそうだ。そうでなくてもあたたかな食べ物の匂いというものは、疲れた体に特別な効果をもたらす。黒塗りの箸を突きつけられ、染矢は逆らわずそれを手に取った。

「でもこれ…、僕のじゃないよ」

真新しい箸は、染矢には見覚えがない。料理が盛られた皿だって同じだ。

「食器くれぇ少しは買っとけ」

否定も説明もせず、本田がどっかりと床に腰を下ろす。ソファに座らず胡座《あぐら》を掻《か》くと、彫刻が施されたテーブルも卓袱台《ちゃぶだい》と変わらなかった。

「あっただろ、食器ならちゃんと」

「酒飲むグラスと、あとカップか？　ちっせえ皿とかよ。どうやって飯食うんだ」

「いいんだよ、食べないから」

正確には、食べなかったと言うべきか。

あたたかな茶碗を手に、染矢は大儀そうに箸を伸ばした。脂が乗った秋刀魚は、少々焦げすぎだ。しかし豪快に盛られた大根卸しには、食欲をそそられた。

「食え。細っせえ首しやがって。もう少し肉つけろ」

「面倒だろ、一々作るのも食べるのも」

焼けすぎた秋刀魚を、大根卸しごと口に運ぶ。実際食事を作ることは勿論《もちろん》、食べることにも染矢は執着が薄かった。必要なカロリーさえ取れれば、それが食事である必要も感じないのだ。

「お前んとこの従業員が聞いたら泣くぞ」

鋭い眼で睨《にら》まれ、無言のまま味噌汁へ手を伸ばす。

確かに自分のこの生活を見たならば、従業員の女の子たちは嘆くだろうか。否。本田の存在を知れば、黄色い歓声を上げるに違いない。

思い描くだけで、うんざりする。本田が店を襲った一件以来、自分を見る女の子たちの目は常に期待に満ち満ちていた。無論あの晩の顚末《てんまつ》など、誰にも話してはいない。従業員の女の子たちが知るの

は、店を切り盛りする溌剌《はつらつ》とした染矢だけで十分なのだ。

「…女の子たちから営業メールが来ても、店に顔出さなくてもいいから」

「やっぱ泣くんだろ。見てみろ、この細ぇ腕」

ぬっと伸びた手が、レースに包まれた右腕を掴《つか》む。思ってもみなかった力の強さに、ぎくりとした。

少し荒れた掌に、華奢《きゃしゃ》な手首はすっぽりと収まってしまう。

「やっぱ魚じゃ駄目だ。肉食え肉。明日は肉な」

独り決めした本田に、染矢は頬の内側を嚙《か》んだ。

「なあ、本田」

「あ?」

染矢の手首を摑んだまま、男が魚を齧《かじ》る。

「最近、なんか変わったなってこと、ある?」

「……あ?」

唐突な問いに、本田の声が低さを増した。

「………お前が痩せた」

「僕の話じゃないよ」

真顔で応えた本田を、ぴしゃりと遮る。

自分の変化など、話題にはしたくない。昼間の一件が脳裏を過り、染矢は気難しげに奥歯を嚙んだ。

「じゃあなんだ」

「本田の話だよ、あんたの」

言葉にすると同時に、後悔が込み上げる。

ここ最近の自分が変調をきたしていることは、残念ながら事実だ。さらに残念なのは、その変化がなにに起因しているか、嫌というほど分かっていることだった。だってそれは、目の前にいる。今、ここに。

友人を招くことも滅多にないこの部屋に、本田は当たり前のように入り込んだ。逃げ帰るどころかあの夜以来、毎日のように顔を出す。もうどれが最初に置かれた私物だったのか、思い出せない。幸いだったのは、旅券の取得を思いとどまらせることができたことだ。しかし気がつけばものは増え、男は食事まで作った。染矢には全てが驚異的な出来事だが、本田にとってはどうだろう。

自分の想像に、染矢は白い眉間を益々歪《ゆが》めた。

どうせ本田にとっては、それらは特別なことではないのだろう。相手が他の誰であっても、同じように世話を焼いてつき纏《まと》う。分かるからこそ、余計に苦々しい。

「やっぱいい。どうせないだろ、変わったことなんて」

「……や、あるぜ」

低く呟いた男に、染矢の睫が揺れる。まさかそんなこと、あるはずがない。じっと見返した視線の先で、本田が大きく頷いた。

「車だ…！」

聞き間違いようのない声が、きっぱりと告げる。

あまりにも耳慣れたその言葉に、ぴく、と自らの眉が引きつるのが分かった。

「新しいの買ったとかじゃねえぜ。足回りいじるタイミングだったから、そろそろ他も手ぇ入れてやろうと思ってよ。色々迷ったが、心機一転つーか」

箸を置いた本田が、ごそごそと尻ポケットを探る。

車、とその単語を口にした途端、男の声が興奮を帯びる。分かりやすくて、仕方がない。

「自分でも驚いたんだけどよ、変わりすぎて。でもそれもまァ悪くねーつか、お前が気合い足りてねぇと思うなら勿論……」

探り出した携帯電話を、本田が目の前で示そうとする。車の写真を、待ち受け画像にでもしているのだろうか。それを確かめる前に、染矢は手にしていた汁椀を突き出した。

「……ッ…！」

避ける余裕など、与えない。具材の多い味噌汁を、染矢は本田の頭上でぶちまけた。


静寂は、嫌いじゃない。特に夜と朝とが鬩《せめ》ぎ合う時刻は、吸い込まれるように音が失せる。張り詰めた夜の空気より、薄明かりが混じる朝はより孤独だ。

四角いこの部屋にも、よそよそしい光は染みてくる。それは染矢にとって、特別辛いことではなかった。

狩納のマンションが豪華な檻ならば、鍵を下ろしたこの部屋は染矢の砦《とりで》だ。たとえそこに詰め込まれたものが絹と宝石で固められた虚飾であろうと、染矢は一向に構わなかった。

広い寝台に身を投げて、寝返りを打つ。重たいカーテンの隙間《すきま》から、微《かす》かな光が見えた。少し、眠っていたのだ。

無意識に視線を巡らせ、右腕を這《は》わせる。冷たいシーツの感触に、覚醒と同時に嫌な苦さが胸に広がった。

遅い夕食の途中で、本田に味噌汁を見舞ってやった。大人気《おとなげ》なかったかどうかは、この際どうでもいいだろう。味噌汁塗《まみ》れになっても、本田は染矢を殴ったりはしなかった。むしろ怒鳴り散らし、食事もそこそこに風呂場へ向かったのは染矢の方だ。

床を拭く本田の説教に耳を貸すことなく、寝台にもぐって目を閉じる。仕事を終えた体は鉛のようで、結局そのまま眠ってしまった。

「……帰ったんだ、あいつ」

唇の奥で、声に出さずに呟く。

一人きり、寝台に寝ているというのはそういうことだ。車を乗り回す本田には、終電の時刻は関係がない。真夜中に味噌汁をかけられれば、即座に部屋を出てゆくことができるのだ。

行き場を失った右腕を持ち上げて、眼前に翳《かざ》す。指の背で触れた目元には、アイシャドーもマスカラもない。ありのままの素肌は、裸と同じだ。服を剝ぎ取られるよりも、心許ない。

なめらかな皮膚を掌《てのひら》で辿《たど》り、染矢は怜悧《れいり》な容貌を歪ませた。何故朝から、こんな不愉快な気分にならなければいけない。

シャワーでも、浴びようか。体を起こそうとして、染矢はぎくりと薄い背を軋《きし》ませた。

ソファに、人の気配がある。

息を呑み視線を巡らせると、広い背中が見えた。

「……ッ…」

本田だ。

帰ってはいなかったのか。心臓から蹴り出された血潮と共に、指先にまで熱が流れる。

ソファに座った男は、眠ってはいないらしい。声をかけることもできず、染矢は素足でそっと絨毯《じゅうたん》を踏んだ。

「……本…」

男の名を呼ぼうとして、声を呑み込む。

カーテンの隙間から滲《にじ》む光は、まだ弱々しい。鳥籠に飾られた電球だけが、ほのかにソファを照らしていた。その明かりを受け、男が手元に眼を落としている。なにを、読んでいるのか。知る必要はないと分かっていたが、目に入ってしまったものはどうしようもない。

「あ？　なんだ起きちまったのか」

染矢の気配に気づき、本田が顔を上げる。

「悪ぃな、明かり邪魔だったか？　俺ももう寝……」

言葉が終わるのを待たず、染矢は男が手にした雑誌をはたき落としていた。

「そんな本読んでる暇があったら、さっさと帰れ！」

怒声が唇から迸《ほとばし》る。

音を立てて床に落ちたのは、車の雑誌だ。正気を疑う派手な車体が、誌面を埋めている。本田がなにより愛するものだ。

「もう寝るつったろ。……なんだ、お前も読むか？　なかなかスゲーぞ」

怒鳴った染矢を、本田が驚いたように仰ぎ見る。不思議そうに雑誌を拾われ、染矢は再び力任せにそれを打ち払った。

「誰が読むか！　帰れ！」

こんな大声を出したのは、いつ以来だろう。ぐら、と頭が揺れ、染矢は薄い胸を喘《あえ》がせた。

不愉快だ。本当に、不愉快だ。

自分が張り上げた大声が、脳天に突き刺さって頭蓋で暴れる。今すぐ手当たり次第、この世界を打ち壊してしまいたかった。もっと早くに壊れていて、然《しか》るべきものだ。絹と宝石で守られた部屋の全てを、自分ごと。

実家を出るまで自分を支配していた衝動に、それは酷似している。結局こうなってしまえば、自分はいつだって同じなのだ。大きく胸を喘がせ、染矢は白い眉間に掌を押し当てた。本田の顔を見ることもせず、踵《きびす》を返す。

「おい待て染矢」

間髪入れず伸びた手が、痩せた肘を摑んだ。

腕に食い込む力の強さに、かっと頭に血が上る。

「放せ！」

「放さねえよ」

怒声とは対極に、被せられた声は静かだ。ソファから乗り出していた体を、本田がのっそりと起こす。

「うるさいッ！　放……」

「放して欲しいのか？」

距離を取ろうとした染矢の眼前に、立ち上がった男の影が迫った。

「つかそもそも、お前本当に俺に帰って欲しいのかよ」

踏み出した本田の眼が、真っ直ぐに自分を見る。そこに浮かぶのは不遜さでも、嘲笑でもない。ただ真顔で見下ろされ、染矢はふるえる腕を振り上げた。

「帰れ…ッ！」

これ以上一秒だって、ここにいて欲しくない。そんな眼で、見られたくはなかった。

まるで全てを分かっていると、そう告げる眼だ。染矢の望みも胸の内も、聞くまでもない、と。

「帰れるわけねえだろ」

引き寄せられ、そうされまいと肩や顎《あご》を手当たり次第に押し返す。身をもがかせると、踏み締めたはずの足元がぐらついた。

「車に乗って今すぐ消えろ…ッ…」

喚《わめ》く声は、これ以上なく無様だ。分かっていてやめられるなら、最初からこんな自分に振り回されたりはしない。

「お前も乗るか？」

思いついたように尋ねられ、頭の芯が熱く濁る。渾身《こんしん》の力で拳を叩きつけると、痛そうな顔一つせずその手首まで摑まれた。

「この…っ…」

「変わったつったろ、車」

「知るかッ！　僕には関係ないッ」

「関係なくねえだろ」

唇を歪めた本田が、右手を解く。火が点いたように身を捻る染矢に構わず、男が自らの尻ポケットを探った。

「ない！　あんたなんか…」

叫んだ染矢の眼前に、黒い携帯電話が突きつけられる。液晶画面からもれる明かりが、白い顔をほのかに照らした。

「結構いい色だろ。俺の車」

示された液晶画面に映るのは、やはり車の画像だ。

「どこが……」

吐き捨てようとした声が、途切れる。

正気を疑う塗装が施された本田の車は、一度見たら決して忘れることはできない。あれに二度も乗ったなど、一生の汚点だ。見たくもない画像が映っていると信じて疑わなかった染矢は、しかし目に飛び込んだ写真に眉をひそめた。

「………これ…」

改めて覗き込んだ液晶画面には、黒色の車体が映っている。車種は本田のものと同じだが、そこには以前目にした度肝を抜かれる塗装もなければ、目を逸《そ》らすしかない文字もない。

「だろ？」

「どこで盗んだんだ、こんな車」

真剣に尋ねた染矢に、本田が右目を眇《すが》める。

「久芳兄《くばあに》じゃあるめぇし。正真正銘俺の車だ。…って久芳だって盗んでたわけじゃねーぞ、あれはだな…」

「わけ分からない冗談言ってる場合か！　さっさと出てって車返してこい！」

「だからこいつは俺の車だ。言ったじゃねえか、変わったって」

もう一度言葉にされ、息が詰まった。しかし画面に映る車は何度見返しても、以前のそれとは似ても似つかない。

「嘘《うそ》だ」

強い声で、繰り返す。

本田はこんなまともな車に乗るような男ではない。あの外観である限り、三度目は絶対にあり得ないと染矢が主張しても、本田は譲らなかった。常軌を逸した塗装を含め、あれがこの男の車なのだ。

「ンなに変わるとは、俺も思ってなかったけどよ」

まだ信じられずにいる染矢の前で、本田が携帯電話をしまった。

「車だけじゃねえ」

逸らすことなく覗《のぞ》き込まれ、踝《くるぶし》からふるえが込み上げる。できることなら、耳を塞いでしまいたい。

だってこんなこと、あるはずがないのだ。あの本田が、誰かのために車を塗り直すなど。

胸の内で繰り返してみても、現実味がない。両耳を覆おうとするが、摑まれた左腕は染矢の意志に従ってはくれなかった。

「前だったら、誰かのために車塗り直そうなんて、ぜってー思わなかった。なんつーかすっげー変わった。俺が」

笑った男の双眸には、なんの陰りもない。動けずにいる体を、強い腕に引き寄せられる。これ以上距離が縮まることが怖くて、染矢は両の腕に力を込めた。

「だ、黙れ！」

だから何故、そんな確信に満ちた声が出せるのだ。本田は、いつだってそうだ。変わったなどと、染矢は恐ろしくて口にはできない。だってそれは自分だけでなく、自分が立つ世界そのものを変えてしまう。消えてしまえばいいと叫びながら、そこにしがみついているのは染矢自身だ。振り回した拳が本田の顳顬《こめかみ》を撲《ぶ》つが、男は呻き一つもらさない。

「黙ってもいいけどよ」

低く呟いた本田が、頑丈な上背を屈ませた。

「お前も帰れとか怒鳴んじゃねーぞ？」

迷いのない眼が、間近から自分を見る。冗談とは無縁の男の肩口へ、染矢は額を打ちつけた。

「帰れ…！」

悲鳴混じりの怒声が、厚い胸板に吸い込まれる。逞《たくま》しい両腕で抱き竦《すく》められ、染矢は堅く目を閉じた。


額をうずめたシーツの冷たさに、息がもれる。乱れた呼吸を読み取って、肩口に唇が落ちた。

「…っ……」

ちいさく吸われ、痛みにも似た痺《しび》れが走る。腿《もも》の間に入り込んだ手が、さするようにぬれた場所を撫でた。

「あ……」

声をもらすか、堪《こら》えるか。思考が追いつくより早く、呻くような音が出る。

駆け引き、という言葉とは無関係に、抱き竦められて寝台に落ちた。あの夜と、大差ない。二度目に触れられた時もそうだ。

帰れと喚きながら、その手で男の服を引き剝いでいれば意味はない。そもそも染矢の怒声など、本田には通用しないのだ。

「う……」

一人では広すぎる寝台も、長身の男と折り重なるには少し狭い。カーテンの隙間から入り込む光は、もう弱いとは言えなかった。きっと視線を巡らせれば、自分に覆い被さる男の表情まで、透かし見ることができるだろう。

引きつる瞼《まぶた》を恨み、染矢は深く息を吸い込んだ。新しい空気が、鮮明な意識を呼び覚ましてくれることを期待する。しかし弾んだ呼吸が、痩せた背中を艶めかしく揺らしただけだ。

「辛ぇか？」

掠《かす》れた声が、耳元で尋ねる。

油で荒れた指が、深く自分の尻穴にもぐっていた。本田の手が揺れるたび、びちゃびちゃと粘っこい音が上がる。身の置き所のなさに眉間が歪むが、びくつく体で息を継ぐのが精一杯だ。

「疲れてんだろ」

「……っ…」

たっぷりのジェルを注がれた場所で、男の指がくねる。染矢を苦しめるための動きではない。むしろ自分を気遣う力の加減に、染矢は肩を強張《こわば》らせた。

「寝るか？」

ぬるりと入り口近くまで指を抜き、本田が問う。

詰め込まれる圧迫感と、馴染《なじ》み始めた指の太さに息がふるえた。

意地悪や、揶揄《やゆ》でないところが始末に負えない。この状態で、どうやって眠れるというのか。そもそもこんな状況下で与えられる気遣いを、相手がどう受け止めるのか、本田はなにも分かっていない。しかしそれをこの男に説いたところで、まるで無駄な話だ。

「黙…れ…」

浅い呼吸の下から、吐き捨てる。

喘ぎに近いその声に、堅い指が時間をかけて粘膜へもぐった。

「う……」

「結構いい時間だぜ、今」

本田が言う通り、差し込む日差しは刻々と鋭さを増している。夜が明けきろうとするこんな時間に、寝台で絡まり合っているのだ。

「だっ…たら、帰……」

肘を浮かせ、不自由な姿勢から腕を振る。動いた拍子に尻穴が窄《すぼ》まって、染矢は角度を変えた指に息を呑んだ。ぬれきった粘膜が、ぴっちりと男の指を包んでいる。不用意に身動《みじろ》いだだけで、怖いような場所にまで指が当たりそうだ。

「お前が頑張れるなら、いいけどよ」

囁《ささや》いた男の唇に、顳顬を吸われる。

帰れと、怒鳴られたことなどまるで意に介していない声だ。一旦抜けていた三本目の指が、ふっくらと腫れた肉を掻き、入り込んでくる。横に並ぼうとした指に、背骨が軋んだ。

「きついか?」

だから、そういうことを聞くなというのだ。

奥歯を噛み、シーツに額を押しつける。

「も……」

もういいと、そう声にしてしまいたい。しかし叫んだところで、同じだった。

本田の指は、いつでも恐ろしく慎重だ。粗雑を絵に描いたような男にはそぐわない。たっぷりすぎるほどのクリームやジェルを使い、我慢強く直腸をぬらす。染矢自身が混乱するほど、入念にだ。

「まだだ」

寝るか、と尋ねたのと同じ口で、本田が首を横に振る。内壁の弾力を確かめるように、指の腹でくにくにと擽《くすぐ》られた。

「い……」

目の前に、閃光が散る。しこりにも似た場所に指が当たると、どうしようもなくなった。初めの夜からずっと、本田の指は決して染矢に痛みを与えない。自分とこうした関係になるまで、本田は男と寝た経験はないと言った。本田の性格を考えれば、その言葉は真実だろう。

異性愛者である本田の眼に、男でしかない自分の肉体がどう映るのか、染矢は今でも懐疑的な気持ちでいた。物珍しい、というのならばまだ理解できる。しかし興味本位だけでは、毎回こんな手間のかかる性交などやっていられないだろう。

「…っ……」

ぶるぶるとふるえる手足を引き寄せ、重い体を捻る。尻に埋まった指を中心に、腰を浮かせなければいけないのは正直悔しい。しかし横臥《おうが》に近い形で片方の肩を持ち上げると、右腕の自由が増した。

「おい、染……」

染矢が苦しんでいると、そう思ったのだろうか。気遣うように屈み込んだ男の膝へ、掌《てのひら》を当てる。がっしりとした膝頭は、意外なことに少し冷たかった。

「なにやって…」

男の問いを無視し、筋肉質の腿を掌で辿《たど》る。行き着く先くらい、どんな朴念仁でも分かる場所だ。

「っ……」

手に触れた熱に、不覚にも肩が揺れる。視線を向ければ、下着まで脱ぎ捨てた男の下腹がはっきりと目に映ったはずだ。ちらりと視界を掠めた卑猥《ひわい》な形に、嫌な唾液が口腔《こうくう》に湧く。

「だから、黙っ…てろ…」

前歯の裏側を舐め、染矢はそっと手を動かした。探るまでもなく、脈動する陰茎が指に当たる。硬く反り返った肉は、すでに大きく膨れていた。

いくら覚悟していても、その熱さにふるえが走る。火照《ほて》った陰嚢《いんのう》に掌で触ると、陰茎が大きく撥《は》ねた。びた、と音を立てて、筋が浮いた肉が中指にぶつかる。

「いいんだぜ、ンなこと」

肘を制しようとする男を無視し、掌全体で太い肉を握った。途端に、二の腕に鳥肌が立つ。

「つぁ……」

首筋にまで広がる痺れに、喉が鳴った。男の指を呑み込んだ尻穴が窄まり、肉の隙間から溶けたジェルがぷちゅりとあふれる。

「……うぅ……」

薄闇に慣れた本田の眼には、きっと些細《ささい》な反応も隠せない。尻の割れ目に視線を注がれ、染矢は痩せた体をくねらせた。散々指でこすられ広げられた肉は、もう十分ぬれて色づいている。白い尻の間でそこだけが赤く開かれた場所で、無骨な指が動いた。

「ん……」

ごつごつした陰茎に擦りつけた掌が、じんわりと痺れる。こんなものを握ったところで、主導権が自分にないことに変わりはない。尤《もっと》もそんなものを望むのかと問われても、返答に窮する。だからといって、寝台でただ弛緩《しかん》できるようには、男の肉体は作られていない。

脳内物質の賜物《たまもの》であると言い聞かせ、屹立する肉に指を絡める。親指で血管を擦り上げると、本田が短く息を詰めた。

「……っ…」

最も敏感な肉を手のなかに収めているのだから、当然のことだ。分かっていても、悪い気はしない。親指の腹を使い、同じ場所を上下に擽る。割れ目に添ってつるりとした肉を引っ掻くと、手のなかの陰茎がさらに膨れた。

「っ…本……」

ずっぷりとはまっていた男の指が、尻肉の奥で左右に開く。そのままの形で入り口を擦られると、陰茎を握る指から力が失せた。

びくつく指を叱咤して、浮き上がった筋を何度もさすする。不自由な体勢のせいばかりでなく、技巧に優れているとは言いがたい。

与えることにも与えられることにも、元より染矢は熱心ではないのだ。食事に対する無関心さと、それは似ている。色事に淡泊と言えば聞こえはいいが、欠落と呼ばれても致し方なかった。

男でありながら女の格好をしている時点で、自分は境界を一つ踏み越えている。だからといって、全ての問題に開き直れるわけでもない。ただ本田が望む限り、男が作った食事を食べるのも、こうして寝台で繋《つな》がるのも、今更忌避すべきだと思う自分はいなかった。

「あ……」

ぐぷ、と籠った音を立てて、尻穴で大きく指を回される。腹側にあるしこりを指が掠め、投げ出されていた自らの性器が撥ねた。

悲鳴を上げた染矢を見下ろし、腫れぼったくなった粘膜からずるりと指が退く。ようやく失せた圧迫に、広げられた肉がぼんやりと痺れた。ふるえた尻に、ひどく熱いジェルがしたたる。

「……ん……」

みっともない音を立てて、指に絡んだジェルが尻穴からあふれた。長い時間をかけて塗り込まれたジェルは、直腸と同じ熱を持っている。思わず呻いた染矢の性器を、苦痛と紙一重の痺れが浸した。

「一回出すか？」

汚れた掌で、ぞろりと尻を撫でられる。割れ目に添って腿の隙間に手を入れられ、染矢は薄い体を折りたたんだ。

「い……」

性器を摑んでこようとする本田の手から、尻を引いて逃れる。苦しみながら首を横に振ると、労る動きで下腹を撫でられた。

「そっちのが辛ぇのか」

だらりと蜜をしたたらせた性器を、無遠慮に覗き込まれる。だが両手で腰を引き寄せられても、染矢は拒まなかった。仰向けに返されそうになり、それにはちいさく首を横に振る。

「…膝、痛かったら言えよ」

気を悪くした様子もなく、肩胛骨に唇を落とされた。

普段は全く気が利かないのに、こうした部分だけは殴りたくなるほど濃《こま》やかだ。小賢《こざか》しい手管などでないこともまた、腹立たしい。なにもかも算段なくやってのける男に、染矢はもう一度首を横に振った。

「も…、いい、から…っ…」

シーツに落ちていた指で、本田の股間を摑む。掌で引き寄せ促すと、厚い胸板が覆い被さった。

「気ィ短ぇぞ、お前」

説教臭い男を、蹴りつけてやりたい。だが勃起した陰茎が腰に当たると、身動きが取れなくなった。引き上げられた尻を突き出す形で、息を詰める。

「…ぁ……」

押しつけられた先端が、狙いを定めるように尻の割れ目で動いた。指を絡めていた時よりも、恐ろしいほど熱く感じる。角度を決めて腰を入れられると、くちゃ、と味わうような音が密着した場所から上がった。

「ぃ…、ぁ…っ…」

顔を擦りつけたシーツが、体温を吸ってぬるくしめる。

時間をかけてゆるめられた肉は、柔軟だ。繊細な皺が苦しみながらも、本田の肉に押されぴったりと広がる。ひどい圧迫感に息が詰まり、背がびくびくと強張った。

「染矢」

囁きと共に、首筋を吸われる。

狭い場所を馴染ませる努力と同じく、こんな時も本田は気が遠くなるほど慎重だった。だが自分本位に突き上げることをしない代わりに、腰を引いて諦めたりもしない。着実にもぐってくる陰茎の太さに、肺の奥から息がもれた。

「染矢……」

繰り返される名前に、背中がうねる。覚え始めた感覚だ。強張りがほどけ、ぬれきった穴がぐちゅ、といやらしい音を立てた。

名を、呼ばれただけではないか。ばかばかしいと、自分を罵倒する声はいつでもあった。だからなんだというのだ。こんなふうに、壊れものを扱うみたいに抱き締められることに、自分はあまりに慣れていない。本田が特別だと思うのは、きっと幻想だ。自分はそこまで楽天的な人間ではない。

ただ染矢自身がこんなふうに、自分を抱く腕を持ち合わせていない、それだけのことだ。

呻いた首筋に、何度も唇が落ちる。撓《たわ》んだ脇腹を大きな掌でさすられ、びく、と体が竦んだ。

「う……、あ…」

大きく体が揺れてしまうたび、本田を呑む肉もまた締まる。首筋にかかる男の息が、浅く掠れた。苦痛に近い響きに、ぞくりと脇腹に鳥肌が立つ。

「…あぁ…っ…」

冷たい汗が浮いた腿を、左手で撫でられた。逃げようとする体を胸板で押さえつけられ、ふるえる性器に指が絡む。

「…っ、触……」

細い腰を揺らしても、本田の力はゆるまない。つけ根からゆっくりと握り取られ、目の前が赤く濁った。先端から垂れる粘液を掬《すく》い、男が潤みきった割れ目を掻いてくる。

「…っぁあ……」

体を強張らせ、本田の手のなかで射精した。

休む間もなく指で扱かれて、悲鳴みたいな息がもれる。

「染矢」

密着した胸板が、引きつる体を圧した。耳よりも、隔てた体越しに伝わる声に腰が揺れた。全身の血が、繋がった下肢に集まり、脈打つみたいだ。

「…くたばっちゃ、いねえよな」

掠れた男の声が、少し笑う。

罵倒してやりたいのに、何故かつられて笑ってしまいそうになった。悔しいが、しかし最悪な気分とは言えない。くっきり浮き上がった背骨の一つを、あたたかな口に含まれた。

「あ……」

じんわりと広がる熱に、力の萎《な》えた腰が下がる。突き入れられた陰茎に支えられ、体が前屈みに揺すられた。

「……ぅ……」

高くなりつつある日差しのなかで、汗ばんだ背中が撓む。両脇から腕を回して引き上げられると、再びぴったりと、背中が厚い胸に密着した。

「染矢」

名前を呼ばれ、苛立たしいのに力が失せる。一度欲望を吐き出してしまえば、高揚が去ってもおかしくない。だがゆっくりと腰を回されると、射精の瞬間によく似た声がもれた。

「ぁ……、くたば…れ…」

唾液で光る唇で、憎まれ口を叩く。瘦軀《そうく》を両腕でしっかりと抱え、男が笑った。

機嫌のよいその響きに、腹が立つ。だがここまで筋金入りだと、楽観主義というものは伝染するのだろうか。肘で撲つ代わりに、染矢は肩口から力を抜いた。体重を本田に預けると、尻に埋まる圧迫がぬるりと動く。

「最後までつき合ってくれんだろ?」

硬い歯に、熱っぽい首筋を囓《かじ》られた。呻いた声に混じり、陰茎を呑み込んだ肉がくちゅ、と音を立てる。声にならない罵りをもらし、染矢は男の腕に爪を立てた。


欲望にしろ欲求にしろ、制御しがたいものに突き動かされて生きるのは面倒なことだ。

革張りのソファに体を預け、染矢は込み上げる欠伸《あくび》を嚙み殺した。寝不足のせいか、瞼がいつもより腫れぼったい。アイラインを引く際にも苛々させられたが、入念に施した化粧の仕上がりは完璧だ。蝶《ちょう》が舞う黒い爪を、染矢は満足気に眺《なが》めた。

店への出勤時間までには、まだ余裕がある。もう少しのんびりすることもできたが、染矢が自宅を出たのは、ほとんど予定通りの時刻だ。ほとんど、という点には不満を覚える。最近では、予定通りに物事を運べないことが増えていた。

理由は一つしかない。明け方から寝台を共にした男は、染矢より早くに部屋を出ていた。経営者が遅刻できないのは、二人共同じだ。本田は眠そうな眼をこすってはいたが、シャワーを浴びた後は快活な整備工の顔に戻っていた。

化粧を施した自分もまた、いつもの染矢薫子だ。それでも時々、ふわりと欠伸が込み上げてしまう。

「染矢さん、いらしてたんですね」

嬉しそうな声が、衝立の向こうから響いた。金融業者の事務所には、似つかわしくない声だ。狩納が経営するこの事務所においては、詐欺的とも言える。

「綾ちゃん。今日はお休みだったんじゃないの？」

盆を手にした少年に、染矢は切れ長の目を細めた。穏やかな笑みに、綾瀬がはっとしたように頬を染める。

週に何日か、少年はこの事務所でアルバイトをすることを許されていた。自分の仕事ぶりなど一切見せたくないだろうに、敢《あ》えてここに綾瀬を迎えた狩納の狡猾《こうかつ》さには頭が下がる。執心もここまでくれば立派なものだ。

「今日は休講があって…。それで今、お昼を届けに来てたんです」

社長室を振り返り、綾瀬がよい香りのする紅茶を注ぐ。ティーカップを差し出した少年が、じっと自分を見た。あたたかな色合いのアイシャドーを選んだにも拘わらず、青褪めた目元を隠しきれていなかったのだろうか。

「綾ちゃんがいるって知ってたら、昨日の差し入れのお返し、持ってくるんだったわ。女の子たちがおいしいベーグルのお店見つけたのよ。綾ちゃんのお料理には負けるけど、評判がいいのよ」

殊更明るい声を出し、染矢は礼を言ってティーカップを受け取った。

「俺こそ、昨日のはお礼ですから、お返しだなんて。……あの、それより……」

細くなった綾瀬の声に、ぐっと胸が詰まる。電話に対応する従業員の声を遠くに聞きながら、染矢は白い眉間を曇らせた。自分を見る綾瀬の目の色には、見覚えがある。昨日、上階のマンションで向けられたあの目と同じだ。

「あのね、綾ちゃん…」

「本当に…、本当に、俺に…力になれること、ありませんか…？」

染矢の言い訳を遮り、綾瀬が掠れた声で尋ねる。大丈夫、と声にしようとして、染矢は言葉を呑み込んだ。

綾瀬は平素から、気遣いの塊のような少年だ。しかし、細やかな機微が読めるかといえば、そうではないと思っていた。それが色事に関わる問題となれば尚更だ。

「……ありがとう綾ちゃん。心配してくれて…」

「…うるさく言ってすみません…。でも、話してみて下さい。俺……恥ずかしいけど、染矢さんより少し、先輩？　かもしれないし」

眉間に皺を寄せ、綾瀬が息を継ぐ。

「先輩……」

その言葉は、あまりにも目の前の少年には似合わない。

綾瀬の方が経験豊富な分野など、あっていいのだろうか。しかしこれが本当に男との交際を問題にしているなら、綾瀬の経験値を侮《あなど》ることはできない。なんといってもこの少年は、日夜あの狩納の恋情をぶつけられているのだ。

「そう、……かもね…」

唸るように、染矢が奥歯を噛む。

「……染矢さん、あんまり眠れてないんじゃないですか？　そんなにすごい…っていうか、大変、なんですか？」

きっと大変なんでしょうね、すごく、と自分の言葉に頷き、綾瀬が細い肩を落とした。

露骨な問いも、従業員の女の子が相手なら適当にいなしてやれる。しかし綾瀬の口から出たものかと思うと、聞いていている自分にこそ罪悪感を覚えた。自分の知る綾瀬は、こんな子だっただろうか。これら全てを変化と呼ぶなら、それは少し残酷すぎた。

「……まさか綾ちゃんに、こんな心配かけちゃう日がくるなんて思ってなかったわ…。どうして分かったの。私…そんなに酷《ひど》い顔してた？」

色惚《いろぼ》けた顔を。

自虐的な最後の言葉を、ぐっと呑み込む。

「分かりますよ…！　俺も経験ありますから。でも相手も、染矢さんを苦しめたいわけじゃないはずです。だから時間をかけてでも、根本的な問題を解決した方がいいと思うんです。……高利の借金問題って」

生真面目に眉を吊り上げた綾瀬が、染矢の手に掌を重ねた。

「……え？」

他人のもののように、声がこぼれる。この可憐《かれん》な唇は、今なんと言ったのか。

訝《いぶか》しげな声からは、またしても女性的な響きが失せていた。

「お、俺が口出すようなことじゃないのは、よく分かるんです…。今日は、なんていうかすごく……染矢さん、嬉《うれ》しそうだし」

染矢の沈黙を、どう理解したのだろう。綾瀬がちいさな手を左右に振った。

「でも、お金を借りて楽になるのは、一瞬だけだと思うんです。狩納さんと染矢さんはお友達同士だけど、でも…、眠れなくなるほどお金借りるなんて、染矢さんらしくないと思うんです」

懸命に言い募る綾瀬を、まじまじと見下ろす。だがその言葉は、すでに意味のあるものとして耳に届かなかった。

綾瀬自身について言えば、狩納との関係と借財は密接なものなのだろう。だがそれは、染矢にとってなんの救いにもならない。安堵と同時に、背骨から力が失せる。生憎《あいにく》と、笑い声が込み上げてくる心配はなかった。

「俺もお金はないけど、でも一緒に頑張ればきっと……」

身を乗り出した大粒の瞳が、自分を見る。健気《けなげ》なこと極まりないその鼻先に、染矢は蝶が舞う指先を翳した。

「染矢さん……？」

無垢な目は、疑うことを知らない。

こんな目をした少年を、一瞬でも先輩と呼んでしまいそうだった自分をどうすればいい。これが変化だと言われても、歓迎できなかった。

目つきの悪い整備工の顔が脳裏に浮かぶ。八つ当たりなのはよく分かっていた。だからこそこれを色惚けと呼ぶのではないか。

「染……」

もう一度名を呼ぼうとした綾瀬の鼻先を、染矢はきゅっとつまんだ。

薔薇と幾何学

冷えきった夜風が、頬を撫《な》でる。コンクリートの壁に背中を預け、赤い唇が吐息混じりの紫煙を吐いた。

「一人なの？」

ぎ、とちいさな音を立て、裏口の扉が開く。半地下になった非常階段から、今夜は微《かす》かに月が見えた。

「あんまり静かな夜だから…、自分のうつくしさに死ぬほどうっとりしてただけよ」

「死んじゃえばいいのにん」

含み笑った女が、むっちりした女の二の腕を突く。いやん、としなを作った声はどうしようもなく野太い。

夜の暗がりに紛《まぎ》れていてさえ、二人を本物の女性だと誤認する者はまずいないだろう。ここがオカマバーの裏口でなかったとしても、それは同じだ。

「ブル子ちゃんも片づけ終わったの？　お疲れー」

同僚を労《ねぎら》い、トド子が太い指で煙草を差し出す。

「トド子ちゃんもお疲れ様。今日もがんがんボトル空けまくって逞《たくま》し…いえ、頼もしかったわ」

「ブル子ちゃんには負けるわよぉ、変態丸出しのスカート丈でお客さん悩殺しちゃって。あたしの方が鼻血噴きそうだったんだから」

大きな尻を振ったトド子に、ブル子が腹に響く低音で笑った。

「もしかしてちょっとはみ出てた？　やだもう、どこ見てんのよ」

「嫌でも目がいっちゃうって。本当、今日も盛り上がったわよね」

「これもあたしのたまたまの賜物《たまもの》……じゃなくて、やっぱりママの頑張りよねえ」

満足そうに煙を吐き、ブル子が深い嘆息をもらす。日に焼けた鼻の穴から、濃い煙が立ち上った。

「ママは元々すごい人だけど、ここんとこ気合い違うっていうか」

「アレ以来…よねえ」

「そう！　絶対アレ以来…！　オーラも全開だし。やっぱこれって……」

うっとりと呟《つぶや》いたトド子の背後で、把手《ドアノブ》が動く。開かれた扉の向こうから、あたたかな空気が流れた。

「お疲れ様。こんな所にいたの」

澄んだ声が、なめらかに響く。たったそれだけで、寒々しい非常階段でさえ華やいだ。

「お疲れ様です、ママ。ゴミ捨て終わったんで、一服していこうと思って」

手にした煙草を示し、トド子が巨体を寄せて道を譲る。

言葉にされなくても、自然とそうしてしまう雰囲気が染矢薫子《そめやかおるこ》にはあった。二人にとって、染矢が雇用主であるかどうかは問題ではない。彼女を前にするだけで、誇らしい気持ちが込み上げた。整形手術なしで手に入れたという美貌は、女などより余程神々しい。無垢な天使には見えないが、悪魔的な冷静さと知性を併せ持つ染矢は、従業員たちの憧れだった。

「ありがとう助かるわ。でもここ冷えるから、二人ともあんまり長居しちゃ駄目よ」

ほっそりとした染矢の肩には、毛皮で縁取られた豪華なショールがかけられている。乱れのない髪を彩る蝶《ちょう》の羽根飾りも、染矢の容貌を際立たせた。

「やさしいんだから、ママ。……ね、やさしいついでに、本田《ほんだ》ちゃんとその後どうなってるのか教えてぇえん」

甘ったれた声を出したトド子を、染矢が振り返る。女神のような美貌が、にっこりと笑った。

「はい、トド子ちゃん罰金。諭吉《ゆきち》さんを一枚、募金箱に入れておくように」

有無を言わさず命じられ、トド子が地団駄を踏む。

「ちょ…、罰金のレート上がってるし！　いいじゃない少しくらい教えてくれてもっ！　あんなすっごいプロポーズ見せられて、その後が秘密なんてあたしたちに死ねって言ってるの⁉」

「だから、何度も言ってるでしょ。なんにもなかったって。風邪引いて本当に死んじゃう前に、あったかくして帰んなさい」

手袋に包まれた手を振って、染矢が通りへ通じる階段を上がって行く。すらりとした後ろ姿を見送り、トド子が歯嚙《はが》みした。

「ひどい…ママ。絶対嘘《うそ》よ、なんにもなかったなんて」

確信を込め、トド子がブル子を見上げる。同調を期待したにも拘わらず、ブル子は静かに煙草の煙を吐き出した。

「ちょっと！　ブルちゃんだってそう思うでしょ!?」

抗議したトド子を、ブル子が満面の笑みで振り返る。街の明かりが、厳つい容貌に深い陰影を刻んだ。

「勿論そう思うわよ。だって今夜は……」

「な、なに!?　なんなのよ!?」

「見ちゃったの、あたし。馬車でお迎えに来た王子様を」

勿体つけた低音に、きゃーともぎゃーともつかない悲鳴が轟《とどろ》いた。

「美人なママをよりきれいにさせる秘密の魔法、それはやっぱり…恋…！」

筋肉質の胸に手を当て、ブル子が熱っぽい声をもらす。

「きゃー！　羨ましいー！」

仕事の終わり際、染矢の携帯電話に入ったメールをブル子は見逃さなかった。店を訪れる客は勿論《もちろん》、従業員の心をも摑《つか》んで放さない染矢を射止めるのは誰なのか。それに無関心でいられる者などいはしない。

その上、あの騒動だ。

うつくしい染矢に言い寄る者は星の数ほどいたが、特攻服を着て店に乗り込んで来たのは一人しかいない。その上その男は、周りの空気などお構いなしに結婚の申し込みまでした。染矢が気の毒でないと言えば嘘になる。だが同じくらい痺《しび》れもした。

いずれにせよ、染矢に関わる情報には皆が飢えているのだ。

決して秘密主義なわけではないが、その個人的な領域について多くを知る者は少ない。尤もこんな店に集う者は、皆多かれ少なかれ秘密を抱えている。詮索しないことには慣れていたが、それでも憧れの染矢について、少しでも多くを知りたいと思うのは人の性《さが》だ。

「王子様って本田ちゃんのことよね!?　そうなんでしょッ!?　ああッ！　あたしも本田ちゃんみたいなガテン系でつくしまくりなダーリンが欲しいィィぃ」

ぽっちゃりした頬を染め、トド子が恍惚《こうこつ》と呟く。

肉体労働者の頑丈な筋肉は、ブル子にとってもトド子にとっても大好物だ。日に焼けて、男臭ければ尚よい。討ち入り同然に結婚を迫った本田宗一郎《そういちろう》は、そうした肉体的条件を余さず満たしていた。その上快活で侠気《おとこぎ》があるのだから、店の女の子たちの評判が悪いわけはない。

「そうよねえ、本田ちゃんは狩納《かのう》社長ほどはお金持ってなさそうだけど真面目だし、目つきはアレだけど話すと面白いし、なんたって一本気だし、ママが許しさえすれば本当は毎日でもお迎えに来てくれそうにやさしいし、ベッドでも体力あり余ってそうだし、それに…」

それに、と繰り返したブル子が、悩ましげに声を落とした。

「それに…あたし見ちゃったのよ。……本田ちゃんの車」

官能的な低音に、トド子が細い眉を寄せる。

「車ァ?　それならあたしだって見たことあるわよ。あのすごいペイントのやつでしょ」

「そう、あの頭おかしい車」

頷《うなず》いたブル子に、トド子が腹の底から息を絞った。

「残念すぎるわ…本田ちゃん。あそこまでおかしくなくてもいいのに、頭」

丸い頬に手を当て、トド子が遠くの月を見上げる。

この世に車が趣味だという男は、掃いて捨てるほどいるだろう。週末の夜などは特に、新宿《しんじゅく》の路上でも目を疑うほど派手な車に遭遇することがあった。だがそうした車たちに比べても、本田の愛車は図抜けているのだ。

「……この前だってママ、絶対乗りたくないって拒否ってたのに。よく本田ちゃんのお迎え、ＯＫしたわね」

染矢が消えた階段を見上げ、トド子が心配そうな声をもらす。あの車に乗るくらいなら、まだ本物の馬車で迎えに来られた方がましだ。心の広さと巨乳が自慢のトド子でさえ、正直あの車だけにはときめけない。眉を曇らせたトド子に、ふふふ、とブル子が響きのよい声で笑った。

「だからそれよ。すごいの。本田ちゃん、車塗り変えたのよ」

「……染矢ママの顔かなんかに？」

「違うわよぉ。黒よ黒。フツーの車に塗り変えたの。ママのために」

「………え？」

言葉の意味を理解できず、トド子がきょとんとしてブル子を見る。

「さっき煙草がきれそうだったから、お使いに出たのよ。その時パーキングで見かけたの。乗ってるの本田ちゃんだったし間違いないわ」

力を込めて断言され、トド子の指から煙草が落ちた。

「うっそ…、ありえないでしょそれ。あの本田ちゃんが⁉　やだどこまで愛されてんのよママ！」

「あたしも驚いて脱糞しそうだったわん」

「羨ましいーッ！」

迸《ほとばし》った咆吼《ほうこう》に、唐突に甲高い音が重なる。悲鳴だ。夜を隔てて響いたその声に、ぎょっと二人の体が跳ねた。

「ちょ…、今の……」

「ママの声よね⁉」

長く尾を引く悲鳴は、尋常ではない。即座に眦《まなじり》を決し、二人は非常階段を駆け上がった。スカートが捲り上がるのにも構わず、人気の絶えた通りへ飛び出す。

「ママァ！」

大通りに出る手前の路上に、見慣れた人影があった。黒い車体の隣で、痩せた体が蹲《うずくま》っている。

「な、なにがあったの、ママ！」

野太い声を張り上げ、地響きと共に駆け寄った。暴漢にでも襲われたのだろうか。ふるえている肩を支えて、周囲を見回す。アスファルトに両膝をついた染矢が、血の気ない指を伸ばした。

「どうしたの⁉　怪我《けが》して…」

染矢を覗《のぞ》き込もうとして、ブル子が動きを止める。細い指が、開かれたままの扉を示した。

黒光りするそれは、本田の愛車だ。本当に、こんなまともな色になったのか。驚きを込めて見上げ、トド子もまた声を失った。

「……これって…」

隙間から覗く助手席に、思わず己の目を疑う。助手席だけでなく、ダッシュボードの上や天井からもまた、トド子は目を逸《そ》らせなかった。

「すげー声だったな染矢。どうした大丈夫か」

低い声が背後で響く。運転席側から回り込んだ本田が、街灯の明かりに照らし出された。

「本田ちゃん……」

呟いたブル子の腕のなかから、染矢が弾かれたように立ち上がる。怜悧《れいり》な目元を吊《つ》り上げ、染矢が黒い車を指差した。

「なんだこれはッ」

叫んだ声音からは、女性的な響きが吹き飛んでいる。本来なら驚くべきことだが、それも忘れてトド子たちは立ちつくした。

「俺の車だ。変わったつったたろ」

「変わってないだろ！　何一つッ」

静まり返った夜に、怒声が響く。しかしその声を、トド子もブル子も諫《いさ》めることはできなかった。

「………確かに外観は変わったわよね…」

「……そうね、変わったわよね、外観は…」

怒鳴り散らす染矢を眺め、思わず茫然《ぼうぜん》と呟く。

「……トド子ちゃん……ダッシュボードの上、見た…？」

恐る恐る耳打ちされ、トド子がぶるっと贅肉をふるわせた。

「……見たわよぉ。ハンドルも…、扉まで…」

「……染矢、命」

目の前の光景に、二人の呻きが重々しく重なる。

「…マットにも書いてあるわよ。…ちょ、バックシートにも……、天井にまで……！」

「染矢命……」

しみじみと、ブル子が目に焼きつく文字を改めて棒読みにした。

街灯の光に浮かぶ車内は、決して黒や灰色一色ではない。先日まで外装を飾っていたのと同じ、鮮やかな色彩が所狭しと車内を埋めていた。

「駄目よ駄目…ッ、どんだけ愛が詰まっててもこれは駄目。こんな車絶対乗れない…ッ！」

「…ほら…、頭おかしいから、本田ちゃん」

冷たい路上で頭を抱え、トド子が小声で叫ぶ。レースに包まれた染矢の手が、黒いボンネットを叩いた。本田と密会していた現場を、ブル子たちに見つかった事実にさえ今は構っていられないらしい。

確かにそれどころではないだろう。

目の前に停《と》まる車は、以前目撃したものの外観とは似ても似つかない。しかし正気を疑うという意味ではまるで同じだ。

「軽く拷問よねん。車乗ってる間中あれ見るのって。ある意味前のよりキてるわ」

「本当よねえ……」

それ以上、なにを言えるというのだろう。長い溜め息をアスファルトに落とし、トド子はそっと背を向けた。染矢の怒鳴り声を背中に聞いて、ブル子が折れた煙草を差し出してくれる。

「……ねえ、ブル子ちゃん」

「……なぁに？」

「………ううん、なんでもないわ。…ただ、あたしの王子様ってどこにいるんだろうなと思って……」

肩を落としたトド子に、ブル子が深く煙草の煙を吸い込んだ。

どこか遠くで、犬の鳴き声がする。吐き出した紫煙と溜め息が、くすんだ月を隠した。

あとがき

このたびは『変身できない』をお手に取って下さいましてありがとうございました。女王様系女装男子染矢とヤンキーの国の王子様（？）本田のお話になります。今回は初めて、まんが先行のお話を小説にて書かせて頂きました。とても貴重で、楽しい経験でした。機会を与えて下さいましたリンクス編集部の皆様、そして香坂《こうさか》さん、本当にありがとうございました。

香坂さんがお書きになったまんが版から、小説で書くにあたり色々変更させて頂いております。まんが版をお読みの方にも、また違うお話として楽しんで頂ける部分がありましたら、とても嬉しいです。

今回も新書発行にあたり、沢山のお方のお世話になりました。リンクス編集部の皆様、なかでも常に笑顔で支えて下さったS様。どこまでも癒し系すぎて眩しゅうございます。そしてK様。沢山はらはらさせてしまったことと存じます。まだまだ手のかかる私でごめんなさい。そして沢山のご無理を聞いて下さったみゆき様、お陰様で助かりました。皆様本当にありがとうございました。

まんが版に引き続き、今回全ての挿絵を描き下ろし（！）て下さった香坂さんにも、心からお礼申し上げます。相変わらず女子率ゼロな小説にも拘わらず、美貌の女装男子染矢のお陰で、とても華やかな本になりました！　方向が間違っていても常に直進しかしない男、本田もご馳走様です。また機会がありましたら、是非この二人のまんがを描いて頂けたり、小説を書かせて頂けたら嬉しいなあと夢想しております。

最後になりましたが、この本をお手にとって下さったお方に心から感謝申し上げます。本田と染矢は、私にとって思い出深く、特別な二人です。目が回るほど慌ただしい時期に原稿に向かう機会が多かったのですが、そのたびに二人に助けてもらいました。今回もとても楽しい原稿制作でしたが、その気持ちが少しでも形になっていたら嬉しいです。もしご意見やご感想など、お聞かせ頂けましたら飛び上がって喜びます。

それではまたどこかでお目にかかれますこと、お祈り申し上げております。最後までおつき合い下さいまして、ありがとうございました。

篠崎一夜《しのざきひとよ》

香坂さんと共同で、活動状況をお知らせするサイトを制作頂いております。よろしければ遊びにいらして下さい。http://sadistic-mode.or.tv/（サディスティック・モードウェブ）

TOHRU KOUSAKA
男同士の恋愛なら
オカマはプロ中のプロよ
アタシたちにお任せあれ!!
師匠……!
ほ、本田さん あまり ブル子さんたちの 言うことを 真に受けない 方が……
綾瀬先輩
狩納大先輩
心配しないで綾ちゃん
大切な染矢ママと本田ちゃんのためだもの
誠実なアドバイスしかしないわよ
・・・!
そ…そうですよね すみません 失礼なこと言って 俺――
というワケで本田ちゃん
強姦でもいいから とにかくママを 犯《や》っちゃいなさい!!
口では抵抗してもカラダは素直…
ドエロいセックスで快楽に溺れさせれば虜になって離れられなくなるワ
狩納社長と綾ちゃんがいいお手本よ!!
ドゲシッ!!
違います!! 変なレッテル貼らないでください
No Money Series Side Story

TOHRU
KOUSAKA

No Money Series Side Story

LYNX ROMANCE

お金《かね》がないっ

篠崎一夜 illust. 香坂透

898円
（本体価格855円）

従兄の借金のカタとして競売に掛けられた美貌の少年・綾瀬雪弥は、金融会社を経営する狩納北に買われた。二億もの巨大な借金はひとり身の綾瀬に返す術がなく、身体で返済することになる。何もかも奪われるような激しい陵辱に困惑と絶望を覚える綾瀬だったが、時折みせる狩納の優しさに安らぎを感じ始める。しかし、行方不明だった従兄からの電話がさらなる騒動に――!? お金がないっシリーズ第一弾。

LYNX ROMANCE

お金《かね》しかないっ

篠崎一夜 illust. 香坂透

898円
（本体価格855円）

金融会社を経営する狩納北に買われた美貌の少年・綾瀬雪弥は、返済のために狩納の元で身体を差し出す日々を送っていた。そんなある日、綾瀬は再び大学へ通うことを許される。狩納の好意に喜ぶ綾瀬だったが、以前住んでいた綾瀬のアパートに変質的な手紙が届いていたことを知る。正体の分からない相手に怯える綾瀬に、大学でも学友の魔の手が迫り――!? お金がないっシリーズ第二弾。

LYNX ROMANCE

お金《かね》じゃ買《か》えないっ

篠崎一夜 illust. 香坂透

898円
（本体価格855円）

冷酷と評される狩納北は、競売にかけられた美貌の少年・綾瀬雪弥を救い、家に住まわせていた。借金返済のため、身体を売る行為を強いる自分に気を許そうとしない綾瀬。うまく想いを伝えられないことに苛立ちをつのらせる狩納は、ある日、染矢と綾瀬が談笑しているところを見て、嫉妬心から綾瀬を乱暴に抱いてしまう。あまりにも粗暴な行為に綾瀬は姿を消してしまい――!? お金がないっシリーズ第三弾。

LYNX ROMANCE

お金《かね》がたりないっ

篠崎一夜 illust. 香坂透

898円
（本体価格855円）

狩納から巨大な借金をしていながら、高額の洋服を買い与えられ戸惑う綾瀬。しかし、外出を許され不自由のない環境を与えられている綾瀬は、感謝の気持ちから狩納へプレゼントを贈ろうと思うのだったが、お金が無かった!? 綾瀬が狩納のためにお金を集めるハートフルラブストーリー!
綾瀬の元に石井鉄夫の母がやってくる「仕方がない?」も同時収録!